老童散文集

时光侧影
SHIGUANG CEYING

老童 著

但随悠悠岁月缓缓而去
　　唯有时光侧影铭刻在心

百花洲文艺出版社
BAIHUAZHOU LITERATURE AND ART PRESS

图书在版编目（CIP）数据

时光侧影 / 老童著. -- 南昌：百花洲文艺出版社，
2025.3. -- ISBN 978-7-5500-5786-9

Ⅰ. I267

中国国家版本馆CIP数据核字第2024RJ5139号

时光侧影

老童 著

出 版 人	陈 波	
责任编辑	兰 瑶	
制 作	丁琴飞	
书籍设计	燕 子	
出版发行	百花洲文艺出版社	
社 址	南昌市红谷滩区世贸路898号博能中心一期A座20楼	
邮 编	330038	
经 销	全国新华书店	
印 刷	四川科德彩色数码科技有限公司	
开 本	880 mm×1230 mm 1/32	
印 张	8	
字 数	150 千字	
版 次	2025年3月第1版	
印 次	2025年3月第1次印刷	
书 号	ISBN 978-7-5500-5786-9	
定 价	68.00 元	

赣版权登字 05-2024-392

邮购联系 0791-86895109

网 址 http://www.bhzwy.com

图书若有印装错误,影响阅读,可与承印厂联系调换。

老童，本名童光辉，四川武胜县人，中国作家协会会员，曾任四川省文联全委会委员，四川省作家协会全委会委员，广安市文联主席，广安市作家协会主席。已公开出版作品《安静书》《长啸集》《斑鸠集》等。

《诗意行走》　　　/ 2007 /　　作家出版社

《看见　遇见》　　/ 2010 /　　大众文艺出版社

《独白》　　　　　/ 2012 /　　作家出版社

《长啸集》　　　　/ 2013 /　　巴蜀书社

《安静书》　　　　/ 2015 /　　百花洲文艺出版社

《在前方等自己》　/ 2017 /　　现代出版社

《应允之书》　　　/ 2020 /　　北方文艺出版社

《广安诗境》　　　/ 2021 /　　团结出版社

《斑鸠集》　　　　/ 2022 /　　成都时代出版社

《时光侧影》题记

/老童

人们说，岁月如昨。其实，是岁月恒常，而昨天、今天、明天，则是匆匆流逝的江水。将这册集子取名为《时光侧影》，就是明白岁月不可能如昨，而将白驹过隙的一些人生瞬间和感悟，用文字的形式，记录下来，礼赞峥嵘岁月。

本书从三个侧面展现绚烂而又珍贵的时光，描绘一幅幅多姿多彩的实况与幻境。

第一部分是《赛州六记》。这部分用诗意笔墨，把广安六个区（市、县）的人文地理、名胜风物做了生动描述。让人读后对广安有一个概要性了解，而且得到中国典型传统记文类作品的阅读体验。

第二部分是《西溪絮语》。这是本书的重点，收集了本人前后二十年，在《广安日报》的文化副刊

《川东周末》陆续发表的七十六篇随笔小品。这些短小精致的文章，内容丰富，笔者努力使其表达独特，语言典雅，彰显浓烈的诗意之美。

第三部分是《杂序篇》。这部分收录了本人为部分广安籍文艺家的作品集子撰写的序、跋。既有对这些作品的赏析，又有笔者鲜明的文艺创作观点。同时，借此机会，给广安的文艺家们做个宣传。

这本集子能够出版，呈现在读者面前，首先要感谢广安六个区（市、县）的相关朋友。在大家的支持下，本人历时两载，呕心用情，为赓续历史，传承文脉，尽绵薄之力，做些微之事，成就了《濱州六记》。其次，更要感谢《广安日报·川东周末》，若不是历任编辑们坚持不懈的鼓励，历经二十春秋而不弃，哪有今天的《西溪絮语》！

行文至此，又生感慨。夫天地者，万物之逆旅也；光阴者，百代之过客也。李太白所言极是。但随悠悠岁月缓缓而去，唯有时光侧影铭刻在心。

2023 年 3 月 11 日上午于临高文澜江畔琉金岁月

目　录

第一章　賨州六记

第一章

賓州六记

邻州记

　　庚子暮春，四月既度。行走邻州数日，满目锦绣；吸水得甘，吮露成蜜；观花得美，援木成秀；登山得道，下河成鳖；拜松得志，倚竹成节；神清气爽，怡然通泰，所谓人间快乐天，是也。

　　邻水，南梁置县，后亦称州。凡千五百年间，日升月落，星移斗转，天天有故事，岁岁留薪传。一部《邻水志》，记录了世代邻水人战天斗地，既顺物又造化的慷慨悲歌。

　　远有大明建文帝夺路避难之传说；近有柑子铺李准出海勘疆定界之奇功；尤其烽火岁月，华蓥山游击队双枪响于山际，雄鹰飞于长空，杜鹃红于皛然，在新中国黎明之时，点亮破晓之光。

　　随后岁月峥嵘，几十年邻水时光，几十万邻水儿女，踏歌而来，一路猛进。

　　而今汤巴丘的青瓦，在历史燧火中，已为青铜；泥汉坪的梯田，在灿烂阳光下，淬炼成金；贵人槽的村子，满是贵人；岐山寨的李花，香雪似海；他山书院的蔷薇，色若美人；缪氏庄园的葡萄，陶醉四方；新村环线的柚子，橘颂天下。如山之巨的铜锣，在铜锣山中，敲出了银子般闪光的声音；明月山的明月不出于天山，但一样照亮云海之间；天意谷里天河奔流，天长地久，顺着民意；大洪湖中白鹭飞过，诗情画意，挥之不去；岸上"让水"二字，把邻水人心地让得干净了，把邻水人胸怀让得宽阔了。

那座古意悠久的县城，更是焕发青春，光彩照人。

站在八角楼上，举目望去，晴川历历，远山泼黛；杨柳依依，楼宇流彩。黄桷树公园，人影幢幢；博物馆把风物人物尽收其中，文化馆将教化淳化藏留于此。近看工业园区，热火朝天，马力十足；怀远高滩新城，双子星座，川渝共荣。收眼于灵宝山小西河峡谷，那崖壁上"爱此山川佳"五个大字，何其夺目？邻水人爱自己的故土，爱在心深处，爱到骨子里。

一千九百零九平方公里大地，数日何以察之细微？三山两槽钟灵毓秀，许时怎能观之宏伟？谨以短文一篇，诗词十首，敬呈坐落山水之间的邻州，化为三山之峻岭，权作两槽之沧浪，诵百岁之诺，讫千年之福。

是为记。

2020 年 4 月 27 日子夜写于慈竹苑

定远记

　　汤汤浩茫，径流巴山；嘉陵奔腾，不舍昼夜。发端代王之首，涌动秦岭之谷；容纳白龙之水，威严蜀川之势。行数郡成大河于利州，过千山得毓秀于阆苑；一出顺庆，蔚为大观，拂袖东西关隘，曲形太极河图，流连汉初远梦，魂消龙女神色；汇秦陇文采于波浪，集巴蜀诗韵于涛声。百一十七，六十三迴；宛转翠屏画廊间，陶醉花香鸟语情。噫，千里嘉陵，独钟斯处，在定远之地，终冠敦化溢美之名号。

　　古定远，今称武胜。南朝齐置县，迄今凡一千五百余年。其间，先设汉初，后为定远；时县时州，循环沉浮。前一千年，隋唐演义，波澜不惊；后七百年，宋元烽火，金戈铁马。尤其汉蒙征战，这边青野屯兵以武取胜，那边钓鱼城上铜墙铁壁；到头来一边破关屠城，一边上帝折鞭。明清之际，嘉陵江一衣带水，相对平静；好河山田园形胜，定远八景。民国时期，国民党目无国民，民不聊生；共产党率民起义，红旗漫卷西风，响起冲破黑暗的枪声，迎来新中国伟大的黎明。

从此，这片土地，人民当家作主。拥有了，书写史诗般悲壮之书——《红岩》作者之一的杨益言；构筑了，五排水库左右干渠两百公里的人间天河；钻出了，共和国第一口石油超深井；落成了，渠化嘉陵江的东西关和桐子壕电站；举起了，建设社会主义新高潮的又一面红旗。改革开放新时期，这片土地青春舞动，雄姿英发。实现了，由上游食品到雪花啤酒的华丽转身；建设了，中国民间文化艺术（丝竹帘画、剪纸）之乡；推进了，以武胜城遗址和宝箴塞为重点的世界文化遗产申报；打造了，以白坪、飞龙、三溪为龙头的乡村旅游典范。

历史进入新时代，一切过往，皆为序章。武胜以文胜武，定远声名远播。修葺沿口古镇，重温盛唐故事；再探幽渺城池，力争文明翘楚。环嘉陵江一百一十七公里美地，贯通河东河西长虹化桥，打造定远新老八景，再现吴道子《嘉陵江三百里风光图》；淳风化春雨，催生诗歌之星；建设文化院，贡献乡土之道；让上善若水明德之地，处处如诗如画。随川渝合作之大局，顺双城经济之优势；秉承川东道重庆府之血脉，发扬巴蜀人天下先之精神；背靠伟人故里，面对渝水潮头，做广安急先锋，当两江弄潮儿；经济济世，文化化人，起承转合，盛事可为。

后皇嘉树，历史之定远，已荫蔽恩惠于今人；凤鸣岐山，今日之武胜，已壮志凌云于明天！有诗曰：

> 将晚秋飘雪的
> 芦苇筑成神坛
> 把人世间所有的
> 真心　爱心
> 和圣心贡献于上
> 加一首不朽颂诗
> 再加一滴
> 嘉陵江水

于是，嘉陵江在武胜，将会演绎崭新的千古传奇！

是为记。

2021年6月13日夜起笔，14日上午急就成篇

华蓥记

旭日东升之时，一只雄鹰展翅翱翔，俯瞰着巍巍华蓥山，把自己的精神和灵魂，投向目光中那座朝气蓬勃的城池——华蓥市。

市，因山而得名；山，因市而厚重。华蓥既是座年轻的城市，一九七八年建区，一九八五年改市，至今而立有余，颜含丹阳之色，胸怀青春之心；华蓥又是座古老的大山，亿万年经天纬地，下有璇溪河水昼夜奔腾，上有皛然山风千古长啸。

华蓥山，天下名山。最高海拔 1704 米，雪落西麓披银，花开东坡藏金，是四川盆地之翘楚，又是巴蜀川渝之咽喉。它是佛教圣地，清僧人释昌言有《华银山志》记下"西朝峨眉，东朝宝鼎"之说，香火绕牛斗，灵崖锁烟岚，坐禅光明寺，宇宙寸心间；又是人文锁钥，因南宋文化、幺妹文化、情山文化，文化化人而琼琚，精神丰满而灿烂。华蓥山，天下雄山。当年文豪郭沫若临晋云岭上，遥望蓥山宝鼎，岗峦叠翠，紫霞流丹，独秀群峰，不禁叹曰：华蓥山，天下第一雄山。华蓥山，天下雄山。在解放战争中，川东地区人民，在中国共产党的领导下，发动武装起义，冲破黎明前的黑暗，迎来了新中国的曙光。在血与火的淬炼中，孕育了伟大的"红岩精神"，贡献了华蓥儿女的力量。如今，漫坡盛开的红杜鹃，朵朵都是献给先辈们的华丽诗篇。

华蓥市因共和国"三线"建设而诞生，又为共和国"三线"建设而贡献。二十世纪六十年代，八个军工企业在这里落地生根；二十世纪七十年代，西南最大的光学仪器基地在这里生根开花；二十世纪八十年代，为国家国防事业发展助力的联合体在这里开花结果。让我们牢牢记住明光、红光、金光、华光、兴光、江华、长城、燎原，八个闪光的名字，它们是今日华蓥之大厦，挺拔屹立之基石；让我们牢牢记住几万"三线"建设者，他们是今日华蓥之天空，煜煜生辉之群星。

时光飞驰如电，华蓥在进入新时代后，山峰更高，华蓥人勇攀高峰，站在高登峰上，以人为峰，华蓥人身比天下雄山还高；城市更大，华蓥人胸怀宽广，立足天池岸畔，以湖为怀，华蓥人心比辽阔大海还大。新华大道边，楼宇鳞次栉比，流光溢彩；安炳公园里，铁马金戈入梦来，萦绕着历史的回声；华蓥山广场中，繁荣和幸福，是对华蓥山游击队英烈们的最好慰藉；高速公路出口旁，车水马龙，是对优秀旅游城市标志马踏飞燕的祝贺；月亮坡深处，盛大的梨花香雪海，是对"绿水青山就是金山银山"的阐释；瓦店石林上，"千年一吻"是产业转型的历史性时刻；五叉沟坎下，是新兴玄武岩纤维催生出的新产业；工业园区间，电子闪耀的火花，是科技力量在助推经济发展的强大灵感。

　　一只雄鹰正从华蓥山一飞冲天，它长着红色灵魂的翅膀，每一片羽毛都是一丛光荣绽放的杜鹃，都是一支穿过云霄的响箭，带着光荣与梦想，它将越飞越高。

　　是为记。

2021 年 7 月 19 日下午于慈竹苑

岳池记

　　肇始于唐武周万岁通天之年，厚积于析县纳新明和溪之时，皇天后土，玉汝于成，斯得岳池。

　　岳池，山川形胜，得天独厚。高有金城之峰巅，深有嘉陵之曲流；雄有永清之寨门，奇有歹溪之石鼓；动有平滩之瀑布，静有翠湖之清幽。钟灵毓秀，人文荟萃。日出而作，日入而息，千百年岳池人精耕细作，金谷出银米，赢得了银岳池的美称。更有南宋大诗人陆游陆放翁，一首《岳池农家》诗，写就了中华农家第一家；一句乐而复乐词，唱响了天下农家第一乐。王字楼辅有王气，夫子庙文风贯通；吴雪有彩，一本《抓壮丁》，抓住了剧精神；灯戏有戏，一部车车灯，演进了中南海。曲艺百花苑，拔了西南头筹，做了花魁，跻身中国曲艺之乡。书法翰墨香，建成篆刻基地，篆水呈祥，传承守正创新之要。还有一碗米粉，既是吃的，也是说的，且道：岳池米粉越吃越好吃。

岳池，迄今凡一千三百余年，岳安山下岳池水，苟角坝上思岳池。典文铺陈，故事联珠，虽少风云际会，总有峥嵘岁月。数度春秋，滚滚红尘；岁月悠远，从未如烟。在新中国的缔造史上，岳池将自己的优秀儿女贡献给不朽红岩；在新中国的建设史上，岳池将自己的百万人民汇入伟大洪流；在中国特色社会主义新时代，岳池人气势如虹，建输变电之乡，送光芒于四面八方；采羊山观之药，献灵丹以造福天下；走乡村振兴之路，处处具有诗的意境；展经济发展宏图，时时充满歌的激情。

诵一首《在太平寨做一只杜鹃鸟》，唱一支《云岳上池歌》，看明日之岳池，必是人间之瑶池。

是为记。

2022 年 1 月 12 日子夜于海南临高琉金岁月

广安记

　　酝酿于巴郡，成形于宕渠，南梁建县，县名始安。先后变换賨城、渠江之称谓，直至北宋开宝二年（公元 969 年），取"广土安辑"之意，设广安军府之衙，斯后，冠广安之名，沿用千余年至今。

　　广安，山河形胜，尚美佳处。高有云山崆峒出岫，低有渠江篆水呈祥；肖溪古镇冲相寺里百佛法相，蒲莲山乡来苏寺中诗意禅光；红石滩上，白塔迎朝晖；賨州城头，朱门送晚霞；紫金峰紫金精舍以人为峰，翠屏谷翠庐书院瀚文八斗。新时代新气象广安新城处处新颜色，大马路大公园賨城大街片片大风景。近赏萃屏秀色，聆听思源钟声；远走巴上草原，坐闻湖羊叫春；居吾悦广场，游加德天街；去大安橘园，住溪贤山舍。古有賨州老十八景，今又再造神龙巴城。

　　广安，文脉千秋，地灵人杰。从古至今，立县设州置郡建军，历史春秋岁月烽火激荡，青梅煮酒英雄风云际会。千百年来，千百人物已成过去；往事如烟，看今朝风流人物顶天立地。辛亥革命，蒲殿俊保路风潮开先声；黄花岗上，邑人秦炳为求共和献头颅。在解放中国的奋斗中，龙台场上，杨子惠与杨汉秀叔侄两辈，各自选择红与白的道路，演绎一出红与白的大戏；长辈弹指间灰飞烟灭，晚辈在红岩烈火中永生。

说今日广安，之所以名播天下，乃因广安是世纪伟人邓小平的故乡。牌坊村里有联曰：翻身不忘毛泽东，致富更思邓小平。毛主席让中国人民站起来，小平同志让中国人民富起来。中国因邓小平而骄傲，广安因邓小平而光荣。

广安，进入新时代，开启新纪元。悠悠万事，唯发展为最大；雄心致远，以繁荣为目的。渠江之滨，勇立潮头；官胜之域，观盛崛起；长缨在手，定缚苍龙！

是为记。

2022 年 4 月 16 日上午于慈竹苑

前锋记

剑指天下，其锋芒毕露，乃刺破青云，直达九霄云外，前卫锋尖之端。

前锋者，先锋也。冠以地名，必是希冀凡事冲锋在前，敢为天下先耳。公元二〇一三年八月八日，一个大吉大利的日子，前锋区应运而生，厚积薄发，在賨州大地拔地而起，成为广安市最年轻的县级行政区。

前锋区，虽生也晚。若论其过往历史，却悠远绵长。南梁普通三年，从始设始安县之时，此地便假天时地利，凭山河雄奇，蕴巴濮智识，成宕渠文化。以渠江一衣带水，经年累月，河东河西与賨州相生相伴，矢志不渝。

尔来千余载，经隋唐发展，遂人丁兴旺，物产丰茂；随宋元淬炼，而饱经沧桑，声名鹊起。特别是汉蒙战争，三进三出的大小良城，作为征服与反抗的传奇之地，更是名震天下。再历明清两朝，相对安泰。光阴徐徐，岁月涓涓，人文社会，缓缓向前。

在二十世纪中国历史跨越、人民解放的斗争中，前锋的英雄儿女们，聚义桂兴山上，奋勇血染红岩。

新中国成立以来，这里翻天覆地，变化镂金刻石。为"三线"建设奠基，为工业生产出煤，尤其川东大地第一条铁路——襄渝线的通车，将前锋人，将广安人，将川东人，安上飞奔的风火轮，送上时代的特快车，前锋是千万人追逐梦想的起跑地，是川东人美好回忆的原乡。

斗转星移，今日之前锋，进入新时代，开创新纪元。华蓥山上，飞雪迎春；渠水岸畔，江花似火；观阁高河，大良田园；广兴乡间，红芙蘘英；四方山里，幽隐对佛；欢喜坪中，快乐成仙。尤其十里观塘，那犹如碧海的椒园，登高顾盼，椒聊之实，蕃衍盈升；城里乡里，俊男靓女，穿行而过，视尔如荍，贻我握椒，再现了绝世《诗经》的胜境。眺望打纸岩头，初具规模的新城，拔地而起；游走芦溪河边，粉红姿色的紫薇，坐等花开。

盘旋而至，虎啸城中，听虎啸威风八面；驱车十里，经开园区，看红旗风卷如画。居奎阁之高，目送渠江万古奔流；伫红滩之侧，耳闻前锋战鼓摧春。站在气势如虹的凌云桥上，但见前锋之芒，光辉耀眼，如出鞘响剑，威风堂堂，义薄云天，带着

　　二十三万前锋人的光荣与梦想，飞向远方。

　　　是为记。

　　　　　　2022 年 12 月 12 日上午急就于慈竹苑

第二章

西溪絮语

抽空读诗

好久未专注地读书了。好久更未专注地读诗了。

诗书本属一档子事，但读诗比读书更难。难就难在书比诗好读，尤其是当前有些书，读来特易，就像嚼口香糖，嚼嚼就吐，读读就扔。看那众多的戏说之书、身体之书、作秀之书、装酷之书等等，草草翻阅后，不立马扔掉才怪！

自己平时公事甚杂，但再杂忙还是想读点书。主要还是想读点诗。

为何读诗？主要原因简单极了：诗比书短。古往今来，书的页码盖过诗不知多少倍，但人们经常随口念出的都是诗而不是书。如眼下春光正好，触景生情，脱口而出的多半是孟浩然的《春晓》，或张若虚的《春江花月夜》，或杜甫的《丽人行》。当然把"长安水边"当作"渠江水边"的居多，因为长安太远，渠江近在咫尺，踏春丽人尽收眼底，还是"渠江水边多丽人"实在。

如果在踏春之时，捧读砖石般厚重的《战国策》《史记》乃至于《资治通鉴》之类，累且不说，翻完这书，哪里还有余暇看落英缤纷，悟天上人间。

所以，开春以降，就抽空读了一些诗篇，多是千诵不厌、常读常新的古典佳作，也读点案头备有的举手即得的新诗。昨日就吟诵了艾青先生的集子，当一句"为什么我的眼里常含泪水？因为我对这土地爱得深沉"，话音刚落，自己的双眼也已有一股暖流上涌，泪珠断线飞溅。艾老的保姆是大堰河，我的母亲是嘉陵江。好久没有亲近母亲河了啊，一句"爱得深沉"提示我，虽不能再常踏江岸，守望春归，但自己和母亲河的生命之脉，却是永远也割不断的。这难得而又最新的感悟因一句诗而得之，我再也忍不住要轻轻地对你说一句话了：抽空读点诗吧，朋友。

隔岸观钓

美丽的西溪岸边钓者甚众。

某日，春光灿烂，我漫步翠堤，对河边的钓鱼人，作岸上观。但见其中有一老者，置杆于堤沿，人却远坐堤上，只是微眯双眼，似看非看地望着那实在看不清楚的鱼漂。这样姿态钓鱼，我还是头次遇到。出于好奇，便仔细端详。半小时过去，未见动静。

在上班的路上由此而想开去。

世上很多事，原本追求的方式不一样，从哪个方向努力就有哪个目标可以到达。像这钓鱼老人如此奇特的追求还是少见。钓鱼钓鱼，钓到鱼是其目的。但这老人却怪，不为钓鱼而钓，真有些不好理解。

你可能马上会想起姜太公，他钓鱼的姿态与此相仿，这其实不是一回事。姜太公直钩而钓，所谓愿者鱼儿上钩是也。这老人也许根本就没想鱼的事情。他可能在感受一种过程，体味一种乐趣，寻求一种觉悟。一个朋友曾告诉我他钓鱼的感受：天不亮就起床，去河边把姿势摆好，远远地将饵线抛出，然后却一点都不想鱼的事情。只突然间冒出一句诗来"手持一根竹竿，青山向我走来"。随即人鱼两忘，在霞光斜照里入定。

　　这老人和我朋友是一路的，他是在钓鱼过程中求得忘我之境。我不善钓鱼，但曾写过一句与之有关的诗。诗曰："不做门市买肉者，只为渚上钓鱼人。"其实钓与不钓并不重要，关键是和钓者心心相通。

洼地桃花

洼地里有一片桃花，开得灿烂极了。但观者甚少，因为它开在洼地，开在人们的水平视线以下。

《诗经》上一篇《桃夭》传诵千古。一株桃花因被诗人发现且写进了诗篇入了诗书，两千年来常开不败。

洼地里的桃花没有这样骄傲的命运，但花们似乎并不在意。春天来了，季节到了，就尽情地开，奔放地开，如火一般燃烧着开。把美好的生命呈现出来，虽无人关注，无人欣赏，但并不寂寞。生命的绽放本身就是天地间的一种大美啊！

大美无憾。

其实，世间很多事体和这洼地桃花相仿。开，无人识；谢，无人识。但敢开敢谢，在天地间自由地始终，原本就是一种生命的圆满，何必去执着追求被青睐、被感兴趣。这一点洼地桃花比很多人强。也是这一点，唐代的崔护认识得比较早。要不，对着粉朵一样的人面，他为何单去说桃花的永远。"人面不知何处去，桃花依旧笑春风。"

崔护的认识极对。

艺术人生

阳春周末。

在印山公园与一老者品茶对话。

老者善画。多年相交，凡与艺术相关的问题，无话不谈。面对桃花说美，面对江水说人生，当说起某次于大宁河小三峡写生，被美景陶醉之时，作物我两忘状，随即入定。

艺术和人生是一对绝好的组合，如果与艺术结缘，那就是艺术人生；如果用艺术的方式经营人生，那就是人生艺术。不管是艺术人生也好，还是人生艺术也罢，像面前这位老者，把人生和艺术交织起来，分不清哪是艺术哪是人生，在一种物我两忘的境界中活着，肯定是十分快乐的。

老者说，原来他一直不理解寺庙中的僧人，怎么能过那样一种生活。现在想来明白了。常言道，自古名山僧占多。占尽风水，饱览风光，还有什么红尘不能看破，还有什么情根不能了断。山水之美是大美，声色之美何足道哉；山水之乐是大乐，六欲之乐何足挂齿。寄情山水之间，是人生的最高艺术，在最高艺术境界中生活，便是真人。

听老者说，我无语。因做不了真人而无语。我热衷于艺术，也向往过一种艺术人生，也想在向往过程中创造一种人生艺术。但现在看来，都很不成功。艺术涉及过，只是浅尝辄止；人生经营过，怎么说怎么不成一种艺术。故此，常常苦恼。

而今，平静了。因为我知道，自己只是一个彻底的凡人。

林中少年

武胜沿口镇郊外唐家大山。

初夏，阳光灿烂的日子，一片松林里，静悄悄的。我透过密密的枝干，远望出去，一直望到蜿蜒流淌的嘉陵江。注目而思，思绪不是很清晰，但树梢上的鸟叫听得真切。

久不下雨，地下的青苔脱了翠绿，泛着白，踩着特松软。间或有株蒲公英，也白得像个雪球，风一吹，无数把小伞打开，把你霎时送进童话世界。偶有松果掉下，由于早就干了，忽悠忽悠往下落，就跟树叶飘一样，一点不担心砸着脑袋。阳光的熏蒸里，有松香丝丝散发，闻着闻着，有一种醉。

正陶醉，一少年过来，径自在一块石上坐下。远眺，没有与我招呼的意思。端详少年的脸庞，安静无邪，若有所思。十分健康的血红色面庞告诉我，这是一个农家子弟。

半小时过去，无声响。忍不住上前搭话。

"家住附近么？"

"嗯。"

"常来？"

"常来。"

"上学吗？"

"初三。"

"今天没去？"

"在家复习，准备中考。"

"到这里干吗？"

"看看。"

"看啥？"

"树嘛，河嘛。"

"有啥看的？"

"好看。"

我心里一阵莫名的感动。这少年只为看树、看河，一个人长久地独处静坐；这少年只为寻找那森林、江河的"好看"，一个人长久地静坐独处。

"成绩好吗？"

"还行。"

"期中考得怎样？"

"考得有点孬。"

"排名次吗？"

"排了，班上第二名。"

少年一脸认真，有些遗憾的样子。我冲他笑笑，回过头，也去看那好看的树和好看的河了。我想，少年说的"好看"可能就是通常指的"美"吧。呵，这孩子有双慧眼。有一双欣赏风景的慧眼，他心里必有美丽的花儿盛开。

千古一城

世上有很多城，因种种缘由而名播天下。

希腊特洛伊城因悲壮失陷而知名，罗马庞贝城因火山灾变而知名，印加托尔特克城因神秘消失而知名，亚特兰蒂斯城因沉落于汪洋之中而知名，巴格达城因不防不战而知名。

知名之城多矣。

前不久，到合川钓鱼城走马一游，感触良多。千城万城，要配一个"千古一城"的称号，这钓鱼城绝对应名列其中。

不少人去过钓鱼城，这个全国重点文物保护单位，其现存文物给我印象并不深刻。触动我的，震撼我的，不是那方圆两平方公里的弹丸之城池，更不是那修复得略显突兀的"宋街"和已做了旅馆的"兵营"。让我久久不能忘怀的是那城中看不见的、存在了三十六年且永不消失的，时至今日，只要你深吸一口，顷刻间就会充满你五脏六腑的、充满你灵魂的、慷慨激昂的民族精神之气啊!

钓鱼城,南宋末年,在元人铁桶般的围困中,嘉陵江上风雨飘摇一孤舟,铁骑踏下伸筋斗阳[1]一弱草。后无去路,前无希望。彻底无支持,彻底无援手。区区两万人马,居然盘踞其中,困顿坚守三十六年,茕茕独立三十六年。三十六年,翻遍世界守城史,钓鱼城绝对是座"孤城",绝对是个"唯一"。

时光如城下嘉陵江水滚滚东去,淘尽历史舞台上的一个个曾经如割腕般痛切真实的场景,一切去也。连这厚重城墙,若不是经常的保护性除草,或许早已淹没在荆棘野藤的春梦之中了。是的,世上所有城池,都有逝去的一天。穷尽繁华的楼兰古城安在?早已变成了瀚海里可数的几粒黄沙。

我在想,八百多年前,城中人为何要做那无望之守,负隅顽抗?同朝人苏东坡早就说过,谈笑间,樯橹灰飞烟灭。城中人肯定听说过,肯定始终记得。但他们还是守啊,想守出一个石头开花的奇迹,想守出一个千古长存的民族气节。

城,终于没有守住。但城中人守住了那惊天地、泣鬼神的民族精神的浩然正气。朋友,摸摸你的脉搏吧,中华民族上下五千年绵延的精血,全在那永远不绝的流动之中。

啊,钓鱼城,千古钓鱼城啊!

1　伸筋斗阳:方言,尽力挣扎的意思。

萨克斯手

一次陪朋友去某鱼庄吃饭。酒过三巡，堂内忽有萨克斯声响起，幽幽呜咽《回家》的旋律，与喧嚣的气氛格外不协调。

萨克斯手是一位小伙子，圆脸上戴副圆眼镜，油光光的长发往后梳，挽个髻，马尾巴似的垂着，比较典型的艺术家形象。一双雪白的手套，衬托出那把萨克斯尤其锃亮。

摇摆着吹奏过来，在桌边停下。朋友遂点一曲《茉莉花》，随即江南花儿和着曲酒一起散发出一阵香味来。

贝多芬说，音乐应该使人类的精神爆出火花。老贝讲的可能是殿堂和歌剧院里的那一类。如果不是，你说这酒中的茉莉花儿能够催开你思想的花儿，才怪。

不过，时下在饭堂弄一点音乐，好像已经成了风尚。高级酒店整乐队，中档的也整架钢琴弹弹，再等而下之，弄把二胡什么的，但总得有。像这吹萨克斯的还比较新鲜。

有人说，这是音乐的失落。

其实遇到这种情形，我已不是头次了。我也在想，这到底是音乐的什么呢？酒宴上奏乐古已有之，听那唐宫乐，多半是在酒肉席间响起。现在全世界的国宴几乎都有音乐伴餐，早成了一种必需的礼仪。从这个层面说，宴前的音乐，不算升格，至少也算是发扬光大。

但要我承认这种音乐，还是有点心理障碍。不信，你把那荡气回肠的《梁祝》，或悲愤激越的《命运交响曲》，在这鱼庄里放放，不被呛死，也要被鱼刺卡死。

当然，什么山唱什么歌，什么厅堂奏什么乐。曲子选对了可以营造一种吃伙食的气氛。比如朋友点的这《茉莉花》，此时此刻此席，就合适。要说令孔夫子老人家三月不知肉味的《韶乐》，那早已绝后，点不着了。

生活里需要思想的火花，但更多需要的是醉人的茉莉花。

樱桃微笑

一夜醇雨催红一树果实。翌日晨，玛瑙般的樱桃上市。

我正在临街的一间办公室里，与编辑部同人研究文稿。一村妇提篮樱桃敲门叫卖。讨价还价，两块钱一斤成交。付钱给果，也不看秤，就让大伙品鲜。

村妇离时，回头一笑，有点诡秘。看她那样，好半天回不过神。我实不明白，为何那般笑。绝无妩媚，只有怪怪的感觉。

吃过几粒，有说酸，有说少，有说贵。我则茫然。酸的滋味，少的分量，贵的价钱，好像都有。琢磨一下，终又难辨。

就这样无滋无味地吃着，有滋有味地想着。村妇为何而笑？

因果子未熟，卖给了一个黄棒[1]，搞笑。抑或缺斤

1　黄棒：方言，指外行人。

少两，卖给了一个昏人，偷笑。抑或价钱乱喊，卖给了一个笨蛋，嘲笑。

猛然想起达·芬奇名画《蒙娜丽莎》那画中妇女让世人永远猜不透的永恒微笑。卖果妇非画中妇，但她们的笑，隔六百年竟如此相似。怪哉。

哲学家透过笑的表象，思考笑的本质；文学家透过笑的表象，描写笑的诗意。我什么也不是，因此，对这卖果妇人的微笑，只有一头雾水。

罢了。至少这果实是鲜的。至少这色泽是红的。那卖果村妇虽然有些异样的微笑，至少是真的。我想。

立春函

今日立春。这是非常特别的一个立春！往年立春总有些想法，但此刻丁点儿冲动都没有。春眠不觉晓，是呵，几天几夜，已睡昏了；处处闻啼鸟，也是呵，一大早，窗外画眉、黑八哥，尤其是竹丛里的斑鸠，就叽叽喳喳地唱起来了；夜来风雨声，还是呵，初一后，连续下雨，把坚强的心，都泡软了，意志力严重衰退，风未起，魂儿就飘得老高；花落知多少，总是呵，盛开的红梅摇下了几瓣，初绽的海棠是否成落红，谁知道？

只有孟浩然夫子，了解立春后的一切。但他老人家绝对未曾料想到，千百年从来都是万物复苏，天地解放的这样一个时令，而今，成了难过的一个关口。

不过俗话说得好，年关难过年年过，我也说立春过后总是春。但年关难过，已成历史，从前年关多数被金钱和年货卡住，现如今钱早不是问题，肉更早不是难题。目前这一仗，正被卡在立春这一刻，要

　　打赢无硝烟的战争，需要大地的元气，需要人们的勇气，需要智慧的锐气，需要祛邪的正气。今日立春，迈过这道坎，真的是即将万紫千红！

　　往外望，有蔚蓝的天空和鲜艳的云彩了。鸟儿唱得更加起劲，花儿开得格外耀眼。立春的时刻，那只熟悉的斑鸠在咕咕些什么呢？

2020 年 2 月 4 日立春上午于慈竹苑

音乐帖

此刻是庚子年立春后三日下午的四点五十六分。时近傍晚，慈竹苑里，十分安静，人鸟屏息，各自数着各自的心跳。

在阳台上下张望，空中云团成堆，丝丝缝隙都没有，所谓初春里蔚蓝的天际，完全只有靠丰富的想象。楼下庭中仅有的那棵红梅树，开艳了，鲜透了，香樟和慈竹的枯枝败叶，想遮蔽都难。有点奇怪的是，在这彩画般景象的侧面，那已开了个把月的蜡梅，花朵虽已干萎，但还顽强地站在枝头上，一阵风过，居然还有暗香袭来。

天天从早看到晚，总是这般模样，瞅着瞅着就开始烦了，接下便是阵阵忧愁。

放下反复翻看的《古文观止》，把闺女送给我的小米蓝牙音箱打开，开始播放音乐。

第一支是《我的祖国》。第一句就把我唱得差点泪涌，郭兰英女士唱的那条大河，我总觉得就是嘉陵江，就是我的母亲河。这首歌最打动我的就是前段，一条大河波浪宽，那是母亲的怀抱呵；风吹稻花香两岸，那是母亲蒸煮的热气腾腾的菜饭呵！

第二支是苏联歌曲《神圣的战争》。是由原总政文工团合唱团演唱的。歌声一起，禁不住热血上涌的感觉，有种勇气，有种斗志！

第三支也是苏联的。这首是二十世纪杰出作曲家肖斯塔科维奇创作的《列宁格勒交响曲》（《第七交响曲》）。这是一首伟大的交响曲，因为它诞生在苏联卫国战争最艰难的时候。列宁格勒（圣彼得堡），被围困两年多，苏联人民为了保卫自己的家园，进行了艰苦卓绝的战斗。肖斯塔科维奇为英雄的城市和英雄的人民，写下了这首不朽的乐章。

第四支是如今全中国人都耳熟能详的《我和我的祖国》。我和我的祖国，多亲切呵！祖国和我是一体的，祖国和我血肉相连，命运与共！任何时候，作为一个诗人，面对大堰河母亲身边的泥土，都会因爱得深沉，而双眼满含热泪；任何时候，都会深情地呢喃，祖国啊亲爱的祖国！

听完上面四首乐曲，已是黄昏。幢幢楼房，陆续亮出了灯光，把这特殊时期，特别静谧的城市，照耀得些许温暖。虽然夜色厚重，但天气预报说明天多云转晴。

2020 年 2 月 6 日晚于慈竹苑

读书记

幽闭在家，除了关注新闻，就剩无所事事了。夫人说，来跟我学点厨艺吧。我说，来吧，学点招数。从做饺子开始。和面，擀皮，包馅，下锅，几道工序，说着简单，其实复杂。怎样复杂，不细说。

实话讲，待在厨房也不是个办法。于是，向夫人告退，转入书房。瞭着书架上五彩斑斓的书脊，好似看一道道彩虹。在这灰色的初春，人类智慧的光芒，透过自己愚钝的双眼，照得内心特别亮堂。

吾有三多，话多，书多，唱片多。几十年宣传职业生涯，有话时口若悬河，少话时以少胜多，无话时打起灯笼火把找话说。几十年买书藏书，如今称一句坐拥书城，毫不夸张。高尔基讲，书是人类进步的阶梯。我一直在爬上爬下，但进步不是很大。好了，讲下唱片多。小的时候，住在人民公社的公房里，隔壁就是广播站。久了，熟了，放广播的嬢嬢就让到屋里去耍。电唱机直溜溜地转，黑胶的唱片咕噜噜地响。有用破损了的片子，嬢嬢也让拿一两张走，当玩具。从那以后，收集唱片，便成了爱好，听音乐，也成了爱好。至今，书房里层层叠叠的黑胶唱片、软胶磁带、激光硬盘，码成了一道墙。

一个人在书房无话可说，音乐听久了，耳朵也有点麻木，那就还是又抱着书啃吧。这些天稀里哗啦翻书，速读了十几本。今天重读的叫《野兽之美》。此书作者是个名叫安吉尔的美国女记者，她用丰富的图片和简练的文字，表达了对天地万物的尊重，通过对人与动物关系的研究，探索生命的本质，抒发对自然深切的敬畏。

敬畏，是呵，人类真应该知敬畏了！自然的、社会的和人性的问题需要反省。近日，读了不少诗歌，向深处问的很少，向深处写的更少。不自禁地想念起鲁迅先生来。

行文到此，记起苏联诗人帕斯捷尔纳克《二月》诗中的一句诗来：

二月
……
风被呼声翻遍，
越是偶然，就越真实。
并被痛哭着编成诗章。

2020 年 2 月 7 日下午于慈竹苑

熟悉与陌生

今早，于平安公园散步，遇一鸟而引起丰富联想。

这是一只既熟悉又陌生的鸟。说熟悉，几十年来，在野外、在院坝常常见到，它那灰白相间的窈窕身姿和疾迅的碎步，太熟悉了。说陌生，虽然这鸟的形状深深地被印在记忆里，但直到如今，还不知道它的尊姓大名。

其实，世界上熟悉又陌生的事物，多了去。就拿一年四季来说吧，春花秋月何时了？春天花儿让人心旌摇曳，但开与谢的瞬间，谁能说清楚？秋天明月清风令人陶醉其中，但阴晴圆缺风吹雨落，谁能感受明白？夏盛冬寂在哪厢？夏天满盈的生命怎样式微？冬天冰冻三尺雪是怎样开成花的？又有谁能讲出个究竟？

就拿最最熟悉的自己来说吧，如果没有镜子，你熟悉你自己的面孔吗？虽然举手可触，你熟悉你自己的后背与后脑勺吗？甚至，你头脑里的风暴和你内心中的脉动，你都很难认识清楚。有时，你对你自己，就是个陌生人。

面朝大海，春暖花开。海子的这句诗，够熟悉的了吧，但谁能找到进入如此熟悉的大海之门？请告诉我。

2021 年 5 月 11 日上午于慈竹苑

陆游的农家

　　最近，想写个以陆游在岳池的故事为题材，以诗歌为体裁的剧本。自己平素只写点诗，散文都写得十分稀少，剧本却是连想都没想。虽然，曾经在上大学时，熬更守夜读过中外众多戏剧名作，为梅兰芳、斯坦尼斯拉夫斯基和布莱希特这世界三大戏剧体系而折服，甚至毕业时还写了篇以戏剧为主旨的论文，但那完全是为了学业和欣赏，绝无当戏剧家的志向。

　　但这次为何又有了写剧本的妄念呢？原因只一个，就是我喜欢诗人陆游，喜欢诗画田园，喜欢陆游歌之咏之的岳池诗画田园农家。所以，便产生了写个以陆游为主角，以岳池为背景，以诗歌为形式的剧本。

　　陆游是位伟大的爱国诗人，他爱国爱家爱岳池。他戎马倥偬，期盼王师北定中原日，写下了众多渴望山河梦圆的诗篇；他南来北往，到过不少地方，写下了千百首吟赞风光的诗篇。但他在岳池写下的《岳池农家》一诗，却是最让岳池人百年传唱，最感亲切的，也是最让我这个岳池邻家人，记忆深刻！

　　因此，我想写这样一个，颂扬陆游风采，传扬农家风情，激扬岳池奋进的剧本，送给我喜欢的岳池人民。

2021 年 5 月 14 日下午于慈竹苑

校庆

五月十六日，是母校西华师范大学建校七十五周年的纪念日，我作为校友应邀回校参加庆祝活动。

座谈会上，自我介绍时，除一位 75 级生物系师兄，其余皆为师弟师妹。我是西华师大前身南充师范学院中文系 78 级的学生，十六岁进校，二十岁毕业，转眼间到如今，已三十九年。更加感慨的是，作为中文系 78 级唯一代表，也是中文系 78 级一百二十多位同学里，即将最后一个退休的，不胜唏嘘。

西华师范大学是所好学校。如是言之，不仅因为其是母校，更是因为它历史较长，特别是建校以来，培养了三十五万学子，绝大多数奋斗在各类学校，为国家的教育事业作出了杰出贡献，可以称得上劳苦功高。

我是一九七八年秋考进南充师范学院的。但在一九七七年，邓小平同志力主恢复高考时，我正上高一，按照学校安排，提前参加了复考后的首次高考。当时特别兴奋和好奇，这可是枯萎十年又逢春呵，全中国为之沸腾。这次高考共有逾千万人参考，那种竞争程度，可想而知。最终十八万人上了录取线，没有想到的是，自己居然榜上有名。虽然，后来因国家基于种种考量，为了让积压下来的老三届学生先上，没有录取所有上线的高一学生，自己也没有提前上大学。但这人生第一次成功破门，给足了自己后来在学习、工作上的巨大的信心。

一九七八年夏，第二次参加高考，自己没有了紧张，有的只是对未来大学学习的想象和憧憬。因为数学基础太差（五分），自己以总分二百八十六分（录取线为二百四十五分）的成绩顺利地进入了南充师范学院中文系读书。一九七八年十月入校，坐落在原川北行署署址的校园，令我无限遐想；当年公署的小楼，令我起敬；合围的梧桐树，黄叶飘飘，令我感觉秋意渐浓。

四年求学，我风声雨声读书声声声入耳，家事国事天下事事事关心。除了完成学业，我还先后被推选为共青团院团委委员，并担任团委宣传部副部长，主办院刊《南师青年》。和同学们一起建立了风华文学社，创办了每周一期的板报《风华》，在上面发表了自己的诗歌处女作。

四年间，转遍了南充城的大街小巷，领略了顺庆府的千年风情。莲花池月光清冽，涵养一颗诗心；嘉陵江潮去浪来，少年已成青年。记得毕业离校回家乡武胜时，没有坐车，特别乘上了顺流而下的汽轮船，一天的航程，百里嘉陵，胜景如画，尽收眼底。一只白鹭紧紧跟随着船行，那优美飞翔的倩影，至今，还深深地印刻在记忆之中。

两天的校庆，在低调而热情的气氛中，欢快地转瞬而去。校庆过了，但母校老校区那片桃花，会年年盛开在自己未来的岁月里。

2021 年 5 月 19 日夜于慈竹苑

会友记

　　参加西华师范大学七十五周年校庆活动，愉快而感慨。愉快的是，学校虽然低调，但接待和安排，却很热情和周到，活动精彩而富有成效。感慨的是，母校校庆，恰逢自己花甲之时，六十初度。一九七八年入校，距今四十三年；一九八二年毕业，距今三十九年。时光真如白驹过隙，过往已去，来日可追。

　　白天的活动丰富多彩，主要在参与和配合中。因平常少有到南充，特别是住两天的机会更少。故晚上便约了两位当年的同窗，在酒店茶室小坐。两位师兄，一位姓杨，另一位姓程。当年进校之日，是杨姓师兄带我入住东五楼二〇一号宿舍；入住以后，是程姓师兄常常帮助和关照我。那时，我们中文系78级三班共有三十二位同学，我是班上年龄最小的，所以，除五位师姐外，其余皆是师兄。杨师兄上大学之前已经工作了，他便带薪读书。工资虽然不多，但那时候是非常令人羡慕的，对我来讲，杨师兄简直是富豪。因为我自己家里兄弟姊妹多，父母工资低，平均每人每月只有八元人民币。好在上了师范学院，每月十三块钱的伙食费由国家包了，不然，将会很困难的。因为带薪，杨师兄会不时买点麦精之类的，拿到寝室来，让我们尝尝。因为这个甜头，至今我都很感念他。程师兄家是南充的，就住在学校附近。所以，他偶尔会带我去他家耍，顺便蹭顿饭，如遇有肉，那就可以打牙祭了。杨师兄喜欢体育运动，爱打篮球，是学校校队的。我不好动，连鞍马都不敢跨，但喜欢看比赛，因此，只要杨师兄上场，自己总会在边上为他助威。程师兄练健美，肌肉发达，他曾竖起一根食指，叫我和室里另一位小兄弟掰，我俩使出全力，居然没有撼动。程师兄还写诗，那个时候，我也开始迷上诗歌了，除了整篇整篇地背诵中外诗词，还大段大段地誊抄楚辞汉赋，唐诗宋词元曲，明清文章，和荷马、维吉尔、歌德、普希金等一大批欧美古典精品文章，甚至还把拜伦的《唐璜》抄录了大半部。程师兄的诗，我是喜欢的。他写得精练和有哲理，虽然说不上学习，但还是受了一些触动。

　　当我将他们二位迎进茶室落座后，仔细地观察了一下师兄们的尊容。杨师兄的脸有些浮胖，头发花白，和其七十岁的年龄比较般配。说起当下生活，概括为做"研究孙"，连自己爱好的国标舞都放弃了，一切为了孙子转。程师兄还像当年那么的精神，只是额头上那颗肉痣，随年龄增长，有点萎缩了；还像当年那么的咬筋[1]，三五句话不投机，满脸涨红。他告诉我，这些年除了教书外，还写了不少诗文，都存放在 QQ 里，如果我有兴趣，可以发给我看看。同时，朗读了新近写的一首诗给我听。听后，我说不错，他却直接不屑地讲，我是在应付他。我再说，不是。随即背出许多年前他写钓鱼的一句诗来：

手持一根竹竿，
青山向我走来。

他这才相信。

时间已近子夜，送二位师兄步出酒店大门时，月亮偏西，嘉陵江水在如许清辉照耀下，波光粼粼，只听一声鸟鸣，有夜鹊飞过。伫立在大江东岸，对面是座璀璨美丽的不眠之城，远处的白塔，霓虹环抱，既绚烂，又镇静，既像一位无欲处子，更似沉吟中的诗人。

2021 年 5 月 21 日下午于重庆飞往深圳飞机上

---

1 咬筋：方言，意为固执。

深圳行记

初夏，木棉花盛开之时，应深圳广安商会邀请，赴鹏城与身在他乡、正大展鹏程的乡友们，分享学习邓小平人格魅力的心得。

五月二十二日下午，在商会会议室，近三小时的交流和互动，言之切切，听之谆谆，各得其所，皆大欢喜。自己虽然是主讲人，但最受益的还是自己。改革开放以来，特别是一九九二年邓小平南行以后，从广安到深圳两代人的奋斗史，深深地感动和教育了我。我为他们的成就而骄傲自豪！

讲座结束后的第二天，一个小老乡请我到蛇口海边走走。沿着深圳湾转了一大圈，最后，在小平同志题写了"海上世界"的明华轮上落座。时间已是黄昏，海岸两边华灯齐放。身边的深圳热闹，对面的香港静谧，月亮正从海上升起来，银子般的清辉，被云朵托着，一会儿洒在香港，一会儿洒在深圳。与小老乡杯觥交错间，海风添着酒劲，在一首老老乡李白

《将进酒》的诗韵中，微醺着拥抱作别。

第三天一大早，按照姨妹的安排，我们驱车前往东莞松山湖，去参观华为公司的研发中心。华为，一个传奇的名字，响彻中国和世界。先到三丫坡，进了华为图书馆。当步入大厅时，被周围的一切震住了。自己曾到过号称世界上最大的美国国会图书馆，但此时眼前所见，超过了那次的震撼。这里的环境、图书，以及特别放置的艺术品，样样都呈现出一种精致。连摆书的木架，都请了大师设计。接下来，我们登上了开往第二个参观点的园区交通小火车。据接待员介绍，华为松山湖研发中心占地两千五百亩，根据不同功能，由大师们参照世界著名街区和建筑，设计了十二个风格不同特别漂亮的小镇，华为公司两万多工程师入住其中工作生活。巡游参观结束时，自己久久不能平静。如此斯地，根本就是件科学与艺术的杰作。华为之为，乃真正中华之为。

这天晚上，西华师范大学深圳校友会的师兄弟们请去小聚。举杯之间，谈着毕业几十年来各自生涯，都感慨不已。其中一师兄，行政为文，均有成就，特别将近作送与大家。接过来时，书名"木斧评传"很醒目。木斧乃现代著名诗人，兄台愿为宣传和诠释诗人用功，难能可贵。其不仅有眼前苟且，亦有诗和远方之追求，我深受鼓舞。

第四天下午，选择乘高铁返程。十五点十分，坐上深圳至重庆的 D320 次列车，一路奔驰。路过桂林时，大雨滂沱，甲天下的桂林山水，隐于烟雨，只好吟诵几句贺敬之的《桂林山水歌》，聊以自慰。此刻，已是五月二十六日二十一点二十一分，这篇短文就要写毕。窗外灯若繁星，列车正经过名城遵义，即将到达重庆西站。

　　　　　2021 年 5 月 26 日于深圳去重庆列车上

背诵

　　晨起，太阳探出脸在平安公园的树丛间，望了几眼，又钻进云朵里，睡回笼觉去了。我在开满花的满天星旁，结满果实的红叶李下，一边走，一边听着不绝于耳的鸟的歌唱。在平台处，遇一家三口，母亲陪着小男孩坐下背书，父亲站着监督孩子是否背错。

　　背书的情景于我来说，虽已成遥远过去，几十年时光，却并未消磨掉深刻的记忆。最远的是小学时，每学期语文课本只有薄薄的二三十页，要记住课文章节并不太难。中学时，课本厚了，古典多了，课文长了，要背下来就非下功夫不可了。大学时，中文系学生光必读书单就有两百三十多本，再加浩如烟海的文、史、哲选读书，若还喊背诵，那是会让人抽筋的。但是，小学、中学、大学，多年寒窗，总还背诵记住了古今中外不少经典佳作，受用到现在。

　　话说那一家三口。孩子正在背诵一篇课文，我在旁边看热闹。当孩子背到"为什么会这样？他问",母亲打断说:"不是'为什么会这样?他问',而是'他问,为什么会这样?'"孩子接着背了几次,还是颠倒了。翻到另一课,孩子背诵到"黄瓜跑上了瓜棚",母亲再次打断说:"不是'黄瓜跑上了瓜棚',而是'黄瓜爬上了瓜棚'。"这时,孩子已经蒙了。见此状况,我赶紧支了个招,一边请母亲不要催,另一边教孩子先熟读几遍再背。接下来,是唐人刘长卿的一首《送灵澈上人》诗:

苍苍竹林寺,杳杳钟声晚。
荷笠带斜阳,青山独归远。

读过几遍后,果然,孩子流利地背完了全诗。

孩子和父母高兴地回家去了,我继续沿着林间小道步行。

鸟儿们还在不住地歌唱,分不清八哥、画眉和斑鸠,只是一片清脆和爽朗。鸟儿的声音,犹如刚才孩子背诵刘长卿的诗,千年前的唐诗韵味至今十足,而鸟儿们的歌唱,还像千年前那只鹧鸪一样迷人。

2021 年 5 月 29 日上午于慈竹苑

嚼着《川东周末》这枚橄榄

今年春节一过，《广安日报》的《川东周末》就要出满一千期了。于我而言，《川东周末》像枚橄榄，嚼着嚼着就会嚼出人生百味。

我是二〇〇一年九月，到广安日报社任党组书记、总编辑的。当时，报纸一周出五期，周六、周日休刊，而且是黑白版。市委要求，报纸要尽快由传统的新闻纸向现代媒体转型。报社党组研究决定，首先从报纸的面子做起，由黑白改彩色。同时，在搞好新闻宣传的前提下，里子上为了让报纸内涵更丰富、更漂亮，将报纸的副刊扩版，传播广安有特色的文化，增添广安文化的魅力，提升广安文化的实力，并把改版的这一期《川东周末》作为《广安日报》的第一张彩报推出。于是，经过精心策划和准备，二〇〇二年一月二十六日，由当代著名书法家何应辉先生题写刊头的《广安日报》第一张彩印报纸《川东周末》，闪亮登上了广安文化的历史舞台。

这张彩报，出之不易。多的不讲，单说印刷，就可津津有味地道来。当时，承印报纸的印刷厂只有几台轮盘黑白胶印机，单色套红都很困难。为了印彩报，社里联系了川渝几家印刷企业，最终交由便宜快捷的四川工人日报印刷厂。出报的头天晚上，报社党组和副刊编辑部的同志们，蹲在川工报印刷厂车间的机器旁，大家看着轮转机上如彩虹般滚动的报纸，个个心花怒放！

二〇〇二年一月二十六日，距今已过去十九年。在这漫长的岁月里，《广安日报》及其《川东周末》，由黑白变彩色；由一周五期变天天出报；由新闻简报变现代纸媒；由"可信、可靠、可读、可用、可亲"的"五可"平台，变至今日之与时俱进、全方位融合的新媒体，深深凝聚着两代《广安日报》人忠诚与奉献的心血！在广大读者的关心支持和陪伴下，《广安日报》及其《川东周末》，一路走来，已春风满面！

十九年，弹指之间，《川东周末》就要出满一千期了。《川东周末》有了自己冠名的"川东周末文艺奖"，有了自己用功四年的"两江行"《川东周末》文化品牌。可以说《川东周末》已长成了巴蜀大地上一朵特色鲜明的文化奇葩。这一千期，百花盛开，万紫千红；这一千期，丰收满仓，硕果累累；这一千期，人才辈出，星光闪烁！一千期的《川东周末》，传承着巴蜀文化的血脉，奔涌着宕渠精神的激情，展示着广土安辑的理想！

　　《川东周末》一千期，于我而言，就是一千枚橄榄，就是百味无穷的人生。

2021 年 2 月 4 日下午草于慈竹苑

侍母记

母亲因胆囊切除手术，出院疗伤十几天了。伤口愈合良好，血压、心律等生理指标均正常。

住院期间，老人家相当烦躁，催着回家。回家后，看到阳台上海棠、绣球和三角梅，绽放鲜艳，心情大好。但过几天，又开始厌倦，特别是夜里，尤其为甚。

因此，从外地出差归来，立马赶回武胜沿口老家，陪伴母亲。询问和观察，确知老人家除伤口正在愈合外，身体一切如常。但就是到了晚上，便不断呻吟，直呼心里难受。咨询医生，有医生说可能因为术后饭量减少，营养缺失，气血不足所致；又有医生说可能因为疗伤过程心理负担过重，心绪不佳，性情失控所致。不管何因，反正老人家和我们，常常一起度过煎熬之夜。如昨晚子夜，母亲又喊难受。万籁俱寂时，连星星闪烁都会掀起风暴，何况人之痛呼。因此，母亲的呻吟于我如雷贯耳。而就在此刻，院里有人家正放着咏叹调《今夜无人入睡》，音乐与人生，竟如此巧合。

母亲年已八十高龄，过去很少生病，更未住院，这次胆囊炎发作纯属例外。故心理负担重，可以理解。据此，我反复劝说，希望她老人家心情放松再放松，待到伤口完全愈合后，一切都会恢复到从前的欢快中去。昨日恰逢六一儿童节，为讨母亲欢心，自己特别扮了回妈宝，给她发了个红包，祝节日快乐。哄得高兴时，老人家心情大悦，胃口大开，将兄弟买来的一盒车厘子吃了多半，并惬意地说道，要吃它个春不问路。

人吃五谷，会生百病。人生百年，欢乐苦短。风雨桃花，虽飘零但楚楚动人；云遮半月，见缺亏亦朗朗清辉。母亲的病，折磨她自己，同时，也磨砺着儿女们的孝心。正如前时自己《陪母就医记》诗中所写：

母亲用博大的爱
让我减轻自疚
我用微小的孝
舔着母亲的伤口

在侍母疗伤的日子里，爱与孝在疾病的石头下，顽强地长出劲草，开出美丽的花朵，召唤来阵阵春风。

2021 年 6 月 2 日上午于武胜沿口镇

五月初一

今天是辛丑年五月初二，昨天是五月初一。五月初一，是仲夏之始，也是备糯米、采芦叶、挂菖蒲、捣雄黄、烤清酒的时候了。龙船又要下水了，杜鹃又在啼血了，桃子嫣红，李子抹粉，苞谷牵须，番茄长满架，海椒伸出角。这是大自然的五月初一。

今年的五月初一，于我而言，有些特别。六十年前的五月，我来到这个世界，虽然那天不是初一，但我成了我们家六子女的老大。辛丑牛年，我也成了红五月的金牛。说今年五月初一特别，更在于昨天，目前国内唯一的一部以表现邓小平伟大一生的大型交响组歌《春天颂歌》，通过三年多的努力，由四川音乐学院交响乐团及合唱团，在广安搬上了舞台，成功实现了首演。作为组歌的词作者，在此，我要向所有关心支持这部作品的领导、同志和朋友，表示衷心的感谢！在今天上午刚刚结束的作品研讨会上，以著名音乐大家敖昌群、林戈尔为代表的各位专家学者，对

《春天颂歌》给予了充分肯定和赞赏，使我很受鼓舞。

说今年五月初一特别，还在于，这一天是父亲九十岁诞辰。很早就准备着给老人家办个隆重的生日寿典，但是，三年前父亲因病提前走了。父亲走了，我心空了。去年自己出版的新诗集《应允之书》，第一部分"引子与随想"的许多章节都渗透着浓浓怀念，是敬献给父亲的。

五月初一，再过四天，就是端午节。今天已是五月初二，大后天就吃粽子了。在端午即将来临之际，我把粽子献给屈原，把颂歌献给小平，把思念献给父亲。静静流淌的渠江，从巴山深处走来，汇入嘉陵江，奔向长江，在五月初一这天，深情地映照着一位诗人，一位伟人和一位亲人。

2021 年 6 月 11 日午后于慈竹苑

欢乐颂

朝晖从渠江东岸的奎阁顶升腾而上，照进对面平安公园的树林里，贝多芬的《欢乐颂》响起来了。一群大爷大妈在公园的坝子上开始做保健操，《欢乐颂》正是他们为这套操配的曲子。旋律没变，改的只是歌词。"欢乐女神，圣洁美丽，灿烂光芒照大地"，席勒的诗全变成了"花开富贵无所谓，健康快乐最重要"，而且加上了"天女散花""叩打天门""凤阳花鼓"等若干章节标题。老人们身后的广玉兰开得洁白如玉，老人们的童颜洋溢着红霞。

是呵，花开就会花谢，富贵终若浮云，何足道哉。人生重要的是健康，最重要的还是健康！就说贝多芬吧，一生从第一交响曲写到第九交响曲，写了《月光》写《田园》，写了《英雄》写《命运》，最后写到《欢乐颂》；从青春写到年老，从健康写到耳聋。贝多芬一生贵而不富，听力过早受损。再说《欢乐颂》词作者席勒，和伟大的音乐家贝多芬同样伟大的诗人席勒，时运不济，命途多舛。身体比贝多芬差，生命比贝多芬短，欢乐比贝多芬少，四十多岁就英年早逝，让另一个伟大的诗人歌德痛苦万分，抑制不住强烈思念，像莎乐美亲吻血玫瑰圣约翰头颅一样，后来的歌德，天天面对席勒的头盖骨。如果贝多芬健康一点，还该有多少首交响乐；如果席勒健康一点，还该有多少鼓舞人心的欢乐颂！

当然，只有健康总是不够的，还需要欢乐。这些大爷大妈对了的，他们不稀罕花开富贵，他们渴望健康，他们也渴望欢乐；他们追求身体健康，他们也追求心智健全。欢乐颂，颂扬着一句真理：健康重要，健康最重要，欢乐健康最最重要。"欢乐女神，圣洁美丽，灿烂光芒照大地"，歌声嘹亮，响彻云霄；"天女散花、叩打天门、凤阳花鼓"，动作震撼，排山倒海。

2021 年 6 月 22 日上午于慈竹苑

悠扬口琴声

　　夏日雨后黄昏，平安公园平常而安静。天空乱云飞渡，一缕夕阳突出重围，把园中树叶上的水珠照得透亮，一眼望去，就像一串串金项链，特别迷人。

　　小操场上，有几个口琴爱好者，正在切磋琴艺。不同曲子的不同旋律，此起彼伏，柔软的琴声，伴着三两只画眉的轻唱，如同天籁之音。

　　学生时代，我曾经学习过若干种乐器，其中之一便是口琴。锃亮的琴身，薄薄的簧片，含在嘴里，轻轻一吹，那略显忧郁的声音，像从芦苇花丛深处汩汩流淌出来的溪水，带着憧憬，带着爱情，带着乡愁，蜿蜒漂泊至远方。但口琴却并非我学练的第一种乐器。自学的第一种乐器，是京胡。上初中的时候，因学校离家远，便寄宿学校了。记不清当时是为了打发读书之余的时间，或是调剂冲淡一下少年维特之烦恼，向父亲提出想要一把二胡，很快父亲就满足了我的愿望。当父亲将琴交给我的时候，我却无语。原来，因为二胡价贵，父亲给我买了一把较便宜的京胡。这把琴八块人民币，而那时我们家一个月人均生活费也就八块钱。从此拉京胡，拉革命样板戏《红灯记》，拉《沙家浜》，拉《智取威虎山》，也拉开了我爱好音乐的序幕。自学的第二种乐器，是二胡。拉刘天华的《良宵》，拉阿炳的《二泉映月》，拉王国潼的《三门峡畅想曲》。上大学时，自学第三种乐器，小提琴。拉外国的《开塞练习曲》，拉中国陈钢、何占豪的《梁山伯与祝英台》。这其间，还学过竹笛、箫和口琴。那时候，电影《海霞》有首插曲《渔家姑娘在海边》，用口琴吹奏出来，特别好听。

一阵仲夏夜的清风拂面，几位朋友的琴声悠扬入耳。云已徐徐退去，辛丑五月廿三的下弦残月，缓缓透出微微的橙色光芒，洒在《月满西楼》的旋律中和树荫里失眠的斑鸠身上。

2021 年 7 月 2 日夜于慈竹苑

爱朵小筑

小暑至，一候温风起。驱车四百里，到蒙顶山中，在雅安雨城区下的多营镇，找了一家叫爱朵小筑的民宿客栈住下，求得几天清静。

这地方叫二营村，由此猜想，许多年前，此处应是安营扎寨、屯兵打仗的所在。小筑的后面是高高的牛背岭，前边是滔滔的青衣江。周围片片茶树，块块土豆，已经蔫须熟透的玉米，在足根下的丝瓜花的衬托下，青葱的蒿秆显得挺拔轩昂。一条溪流从山上奔腾而下，在处处乱石的阻击中，飞跃着绽放出簇簇浪花。翠绿的楠竹亭亭玉立，微风中拂拭着幢幢新盖的小楼，在斜阳深处，淡淡的橙光涂抹着，呈现出一幅新鲜的青绿山水画。石崖上，几只鹭鸶飞过，树丛中，一群斑鸠开始咕咕歌唱。

爱朵小筑，是座两楼一底合围的小院，中庭里栽了一蓬硕大的芭蕉，有几株石榴，种了不少花草，浅浅的水池中，养了数尾红黄金鱼，偶有蛙鸣，很可能是随雨天漫水而来。几把椅子随意摆着，客人可顺势躺坐。入住的房间，其窗视野开阔，远处望山，中间看竹，眼前是格桑花圈着的茶园。屋里陈设简约，临窗那张老木茶几，格外别致。泡好一杯金骏眉，摊放一把逍遥椅，翻开一本《谷川诗集》，舒畅地摆起了享受的架势。

第二天，去蒙顶山。唐茶圣陆羽《茶经》中一句"蒙顶第一，顾渚第二"，把此山宣传得天下闻名。在半山腰处乘缆车，到了山顶。近看一派葱茏，远望峰峦叠翠，顿觉心宽气爽。在天盖寺前的茶亭坐下，要了一壶蒙山有名的黄芽，数着十二棵近两千岁的银杏树，慢慢地想入非非。大半个时辰过去，写就了一组《蒙顶山歌》，其中有诗曰：

让蒙顶山的甘露
浸透滋润我灵感
枯竭的心尖
将缭绕云雾
绣出一面面
七彩诗意的
锦旗　不为攻城略地
只为猛志常守

晚上，与朋友把酒当歌，觥筹交错间，一桌烧鹅，红掌拨清波。

第三天，去上里古镇。这是第三次到上里。先走下里，又过中里，再进上里。下里巴人，不知是不是出自这里？如果巴人出自下里，那实在有点惊人。中里，红军是经过了的，现在，都还有当时的标语石碑，留存完好。在上里河边喝茶，是到上里观光的标志性行为艺术，于是，便再次表演了一回。整个过程，历经两个多小时，看河上野渡无人舟自横，对眼前海棠花开如粉脸，听山后杜鹃声声唱红霞。

第四天，痛风发作，足不出户，加紧翻阅谷川的诗集。傍晚时分，厚厚五百多页一大本，终于读完。掩卷思迁，感触良多，默然命笔，敷衍成篇，草就新诗《孤独与愁绪——读〈谷川俊太郎诗集〉一首》。其中写道：

把谷川二十亿光年的
孤独彻底埋藏
用李太白那首著名的
《将进酒》筑起二十亿光年的
时空长城　与尔同销
万古愁绪

诗写完，风声起，雨悄落。暑意减去许多，不经意间记起十三年前，第一次到雅安时，写的标题为《雅安听雨》的诗来。"到雅安城，听雨去；上蒙顶山，看花开。"是呵，为听雨，为看花，值得到雅安，上蒙顶。

第四天晚饭后，因事提前回成都。当收拾好行李，走出爱朵小筑时，雅安的雅雨停了，蒙山的花儿开了，这名叫爱朵的小筑，在喜雨的滋润下，爱的花朵开得正漂亮；在花儿的辉映中，筑的爱巢建得正温馨。

2021 年 7 月 8 日晚于成都卡斯摩

白鹡鸰

白鹡鸰，雀形目鹡鸰科鸟类，属小型鸣禽。这是百度的结果。再翻一九九九年版《辞海》，"白"字篇却无此鸟词条，一千多页的"辞海"，没有它这一滴"水"。前次，写过一篇《熟悉与陌生》的短文，即从这只小鸟落笔。讲的是，从小就与它做伴，几十年过去，熟悉得不得了，但至今居然不知其名姓。这次下了功夫，反复百度，终于找到了上面的结果。白鹡鸰是学名，其实它还有若干别称，如白面鸟、点水雀儿等。

从儿时到如今，这鸟儿一直陪伴着我，这世界早已面目全非，但这鸟儿漂亮可爱如昨；这人间早已天翻地覆，但这鸟儿歌唱依旧。虽然属小型鸣禽，但它特别的叫声，每每听到，犹如天籁。写到此，我要为这小小的鸟儿，大大地点赞，几十年间多少物种消逝，它却坚强地活过来了，能这样，该需要多么大的力量呵。

　　高兴之余，我又为这鸟儿有些许担忧。新闻里讲，当今地球体温愈来愈高，处于发烧阶段，南极最高气温升到二十摄氏度以上，冰山大面积消融，云南的亚洲象要北上。科威特撒哈拉沙漠的气温更是飙到七十三度，不怕干的骆驼跑上公路，向人讨要救命的水。比马大的骆驼都要渴死了，如此恶劣的环境，袖珍的点水雀儿，将往何处点水？小小的白鹡鸰，将往何处筑巢？

　　在近代海量灭绝的物种里，我无法说出更多的名字来，但渡渡鸟这个名字，却令我记忆深刻。它是鸟，因为我喜欢鸟。强烈希望白鹡鸰，不会重复渡渡鸟的悲剧，用自己小小的坚强，渡过大大的劫难。猛然记起一句诗来：

　　借问君去何方，
　　雀儿答道：
　　有仙山琼阁。

　　鸟雀说的仙山琼阁，又在哪里呢？

2021 年 7 月 20 日下午于慈竹苑

江滩公园

　　卡斯摩广场旁边，是蓉城著名的锦江，江边坐落着名为江滩的公园。因为近，每天早晚都要去走走。

　　盛夏的公园里，草木繁茂，花儿开得漂亮。紫薇绯红绯红的，挂在树上，像一串一串玛瑙；羊蹄甲开得很自由，从枝叶里钻出来，粉色的花瓣中，黄蕊像几根火苗；大片的金菊，在阳光照耀下格外灿烂；马鞭草一丛一丛的，紫蓝色的花珠，风吹着像小绣球在滚动；树荫下，葱莲长成宽阔的花毯，覆盖着阵阵昆虫的叫声；沿阶草拖着细长的花尾，围在高大的银杏树下，像一圈一圈花环；特别是公园内侧的池塘里，开到极致的莲花，一朵一朵如美人容颜，雅致温润丰满而内敛，由张张荷叶衬托着，既纯洁，又时尚。

　　早晨，太阳从东边楼厦的天际线上升起来，朝霞将公园涂抹上一层薄薄的胭脂，空气中仿佛有种橙色的橘香。漫步江边，清风拂面，提神醒脑。江水静静地流淌，一群鹭鸶掠过，被水流带走的影子，比其自身消逝得还快。岸上有几只鱼狗鸟很有定力地站在那里，纹丝不动地顶着水面，等待着稍纵即逝的机会。因此处距双流机场很近，每天有数架飞机从头顶穿过，此时，一架空客正钻进云层，飞向远方。现在是早上八点，上班的人流匆匆，刚才的飞机飞向哪里，不知道，这阵擦肩而过的人们去向哪里，也不知道。

傍晚，夕阳将公园轻轻披上一层金纱，所有归巢的雀鸟们，以及知了的鸣噪声，都有了点贵气。池塘中心的小岛，立满了只只白鹤、灰鹳和斑鸠，而娇小的画眉、雨燕以及麻雀，则藏在树丛里，偶尔听得到三两声低语。黄昏后，月上柳枝头，乘凉的游客鱼贯而入，在霓虹灯的光彩里，形如丽影，整个园子充满着欢快的气氛。

离开公园时，夜已深了，周围安静下来。站在跨江人行桥上，河水西流，灯光将锦江渲染得像条梦幻般的玉带，紧紧缠绵着这座城市的灵魂，和水深处鱼儿们的星空、大海以及宇宙。

2021 年 7 月 22 日午于卡斯摩广场

我的写作

如果把上学算上，我从事写作，已有五十多年的历史了。

读小学，都是命题作文。记得五年级时，老师叫我们写理想，自己便写渴望游走天下，希望未来做个地质工作者，拿把榔头，叩敲自然，被老师看中，叫抄写在学校的黑板报上，引得同学们围观，我窃喜。

从那以后，写作变成一种冲动，凡上写作课，如打鸡血，兴奋不已。拿到题目，绞尽脑汁写呵，总想出彩。结果也不意外，每次总评，自己的作文屡屡成为范文。

初中时，小说读多了，便依葫芦画瓢，写了一篇名为《东岭钟声》的小说。自以为构思成熟，表达流畅，人物生动，还画了幅素描，黄楠树上挂口钟，配上。

但那以后，未再写小说。因为小说，须把故事讲圆，人物整丰满，还要有历史的厚度、哲学的高度和人性的温度，而这些对我来说，是短板。于是，便改写诗。

一直到高中，都认为课本中的韵文，就是诗。不旧不新的写了一些，诸如《炉火熊熊》《蟋蟀》等篇什，不诗亦不散，有点类似散文诗。

上大学以后，一边如饥似渴地阅读能够找到的古今中外文学名著；一边开始真正意义上的文学写作。和同学们共同创办了南充师范学院第一个文学板报《风华》，在这个园地，发表了第一件处女作，影响了自己后来的人生。

大学毕业，按组织安排，先后在县委党校、县委办公室、团县委工作。一九九二年，那是一个冬天，我被上级任命为县委常委、宣传部部长，开始近三十年的领导生涯。从此，精力放在做好本职工作上，写诗的事情，放下。

一直到二〇〇一年，那是一个秋天，组织安排我，从广安市委宣传部副部长岗位转任广安日报社党组书记、总编辑。再次，拿起写作的笔来，重温写作的旧梦。创作了《虫灯杂记》《西溪絮语》等一批散文和众多诗歌作品。乃至，辞官另做文联主席，不管官场臧否，诗文总是连贯人生，笔耕不辍，从《诗意行走》到《应允之书》，徐徐铺展，洋洋大观。

到目前，坚持写作，绝不荒废。凡有感必发，凡有意必记。文学已然成为自己言行之标志，生命之全部。不问收获，但问耕耘，看将来之时日，必是心花怒放之世界。

2021 年 8 月 2 日午后于慈竹苑

华蓥山之夏

星空

三伏里，天大热。酷暑如鞭，用高温抽打着人们。又不能作鸟兽散，被抽打着的人们只好持续接受抽打。人发热，可以隔离，天发烧，却毫无办法。

好在旁边有座华蓥山，城里能够脱身的人，大多上山来了。昨日傍晚，我也来了。车过天池，一路蜿蜒前行，窗口洞开，凉爽的清风灌进车厢，灌进冒烟的心田。山路边，白夹竹顺坡生长，青葱茂密，犹如伸展开去的一道翡翠墙，墙内车子转着圈螺旋向上，墙外蝉子鸣噪声震耳欲聋。黄昏里，绵延起伏的水杉林，披着夕阳，一寸一寸地收藏着晚霞铺下的碎金。

办完宾馆入住手续，天空已是繁星点点。坐在室外操场的椅子上，面对山下双河场的一片灯光，在阵阵松涛中，生出无限遐想。

曾经，在华蓥工作过一段日子，时间虽然只有两年半，但留下的相关印象，却如石林的沟壑般深刻，如盛开的杜鹃花样鲜艳。两年半，华蓥山建成了国家级地质公园、国家级森林公园、国家 AAAA 级旅游区。广安是四川红色旅游的龙头和全国红色旅游的重要目的地，被纳入全国 12 个"重点红色旅游区"和 30 条红色旅游精品线路，邓小平同志故居、邓小平故居陈列馆和华蓥山游击队遗址被列为全国重点打造的 100 个"红色旅游经典景区"。华蓥市建成了全国优秀旅游城市。至今，离开华蓥已十六年了，山上的一草一木，还是那样令人亲切，身边的红豆树，还是那样令人动情，面前高大的双枪老太婆塑像，还是那样令人起敬。想起伫立在双河场足踏飞燕的那匹马了，一阵风起，仿佛马儿正飞奔而过。

山上的夜空，星星格外璀璨。望着望着，有一种写诗的冲动。沉思片刻，一组《华蓥山夜歌》脱手而出：

暗黑的夜空

被星光照耀得

愈加暗黑

星光被暗黑的

夜空淬炼得

愈加璀璨

2021 年 8 月 3 日下午于华蓥山

石林

华蓥山的名声，先因小说《红岩》而远播四方；游击队双枪老太婆的传奇故事，世人皆知。后来，随着旅游业的兴起，有着典型喀斯特地貌石林的打造，中华天然大盆景，也逐步走进了人们的视野。

华蓥山石林景区，之所以有大盆景的称号，是因为其中众多石头上，都长着别具特色的藤蔓植物，远远看去，就像一处处精巧的江南园林造型。而这些超大的盆景，由于冠以诸如"千山一吻""梦笔生花""百狮朝圣"等很有意思的名字，让人记忆深刻。这里植物种类丰富，若干纲、目、科应有尽有，还被称为野生猕猴桃的基因库。

石林有华蓥山主峰高登峰，高登峰上有高登寺，一百多年前僧人释昌言撰《华银山志》，对其厚重的佛教文化进行了系统记述，也对其美丽的四季进行了描绘。

当然，石林这个地方，还是以华蓥山游击队红色经典故事最为有影响力。这里不仅故事是红色的，连岩石上生长的苔藓都是红色的，由此红岩一词诞生。在这里，我曾为双枪老太婆塑像撰写碑文；在这里，我曾为游击队群雕策划揭幕；在这里，我曾为国家地质公园授牌主持仪式；在这里，我曾接待八方宾朋，一次次朗诵诗篇，一次次点燃篝火，一次次欢歌起舞，为这座天下第一雄山而陶醉。

> 石林之爱从美慕渴望开始
> 恨离别爱不得人生所有痛苦
> 唯有爱恨无穷无尽
> 坚强的决心和无限的真诚
> 让华蓥山所有石头都开出花来
> 也满足不了倾心相许
> 如小鹿渴望清泉

写到此，献上一段诗歌，表达我对华蓥山石林的喜欢。

2021 年 8 月 3 日子夜于华蓥山石林

林深处

夏天，华蓥山上蝉虫比太阳醒得早，东方鱼肚白还未转红，鸣噪声已响遍丛林山岗。呼吸着极好的新鲜空气，让身体充满宝贵的氧气，慢步向树林深处走去。

朝霞透过枝叶间，缓缓照进林中，像股股金色的温泉，在处处林间空地流淌。鸟儿开始歌唱，最响亮而富于情感的，是杜鹃的叫声，振荡在山谷，撼动着人心。青石小路蜿蜒向前，偶尔有蝴蝶指引方向，荫蔽处还有小野花开得星星点点，每看一眼，便有些许诗意泛起。美国诗人弗罗斯特有本诗集就叫《林间空地》，写足了对森林的情愫，写满了对森林的赞美。我们中国唐朝诗人贾岛贾浪仙，也有首《寻隐者不遇》，更是将对森林的神往写得淋漓尽致，诗曰：

松下问童子，
言师采药去。
只在此山中，
云深不知处。

山中林海云海，深不可测，莫说小小隐者，即使大千世界，也会沉入这茫茫绿色宇宙间。

走到一片诗外现实中的空地，阳光明媚，眼前豁然开朗。想起昨天读柏拉图大著《理想国》中《洞穴与光明》篇，他说，如果从洞穴中的暗黑里走到光明中，开始是很不适应的，所以需要在黑暗和光明二者间，轮换进出。"须知，一经习惯，你就会比别人看得清楚不知多少倍，就能辨别各种不同的影子，并且知道影子所反映的东西，因为你已经看见过美者、正义者和善者的真实。"柏拉图说的是有道理的，不过他要将诗人请出理想国，这就不大说得过去了。如果弗罗斯特、贾浪仙诸君，要将柏拉图请出森林，他老人家该何去何从？

走出林子，太阳的光辉已经普照大地。带着散步者的轻松和思想者的愉悦回到房间，继续喝茶读书。

2021年8月4日上午于华蓥山石林

自由了

八月五日，上山第四天，距辛丑年立秋还有两日。外面红花大太阳，石林海拔虽然较高，但如站在无遮阴处，还是会火辣辣地热。

因此，便坐在室内喝茶、读书、听音乐，享受人间清凉之福。带来的满罐茶，品味了一半；带来的两本书，各读了一半；手机里下载的音乐，反复听。茶是蒙顶黄芽，书是《新九叶译诗集》和《智慧花园》，音乐是电影《角斗士》主题曲。

茶，乃前不久去雅安，朋友送的。音乐，乃克罗地亚青年大提琴家斯蒂潘·豪瑟演奏的。说说书。《新九叶译诗集》是国内九位诗人翻译国外九位诗人的作品，无论国内国外，他们都是名家。《智慧花园》是一本二〇〇一年文化艺术出版社出版的哲学作品选集，从古希腊苏格拉底的《申辩篇》开头，到法国福柯的《愚人船》收尾，五百二十三页，洋洋三十九万字，将西方思想文化的精华一网打尽。诗集里面有艾米莉·狄金森等诗人，我所熟悉的诗歌；更喜出望外的是，还读到了马雅可夫斯基著名的《穿裤子的云》。马兄是我崇拜的苏联诗人之一，他的楼梯体诗歌影响过我的创作；他因不与世事妥协而自杀，令我震惊。文集中的作品，多数曾经读过，但现在重温，理解更加深刻。例如，对奥古斯丁的《忏悔录》的领悟，原来认为里面所写的只是奥氏自己的忏悔。而今则认为，对全人类来说，那是颇具代表性的集体忏悔。其中，"我的灵魂啊，不要移情于浮华"一句，千年过去后，今天还能振聋发聩。

时近晌午，放下书，掺上茶，再听一遍斯蒂潘·豪瑟奏响的《角斗士》主题曲——《Now We Are Free》。

2021 年 8 月 5 日上午于华蓥山石林

辛丑立秋

今日立秋，天黄有雨。

晨入林间，果然，雨如朝露，透过茂密的水杉，清凉柔软地迎面飘来。秋天还在路上，树梢的蝉鸣，却已有些中气不足。鸟叫声增加了湿漉漉的清脆，蜘蛛网捕捉了一串串的蚊蝇。本来就稀少的小星星花开始萎缩，晃眼看去，像点点萤火。嶙峋的石头间，蚂蚁在搬家，匆匆忙忙的样子，仿佛已知秋之将至。在一片开阔地带，感觉雨意更浓，凋谢后的绣球花只剩干枯的花蒂，此时别无闲杂，更无喧嚣，唯独寂寞的人面对寂寥的景。

沿着青石小路慢步，穿行于茫茫林海，心不为形役，宛若一叶自由飘荡的扁舟。

走出树林，天色渐明，雨悄悄地停住了。远山之阿,云雾涌起,缭绕弥漫处,村舍时隐时现,虽是立秋日,但杜甫老先生《茅屋为秋风所破歌》中的情景早已沉湮于历史,需要运用最先进的 3D 动漫再现。坐在朝圣寺的台阶上,远望高登峰茕茕孑立,近观放生池龟影相吊,记起庄子《南华经》,口诵曹操《龟虽寿》。

回到宾馆,早上沏好的黄芽还温润如初,浅浅呷品一口,神清气爽。窗外坡上的杜鹃花红颜已近尾声,银杏叶刚刚泛黄烁金,听一曲理查德·克莱德曼弹奏的《秋日私语》,更深刻地体味到了泰戈尔"夏花之灿烂,秋叶之静美"的意境。

2021 年 8 月 7 日辛丑立秋上午于华蓥山石林

收藏家

　　朋友的朋友，原来是建筑商，现在是收藏家。昨日下午，我俩应邀去他家做客，坐坐，看看，聊聊。

　　这是整幢楼的最高层二十九层，穿过宽敞的客厅，站在阳台上，极目远眺。阵雨后的天空，苍穹湛蓝，云朵洁白；青山岚烟缭绕，城乡尽在眼中；楼下的渠江，借助雨势，浑厚而不可阻挡地向东奔流。风在天地间吹拂，抚摸着脸颊，拥抱着心灵，夏末初秋，站在这样的高处，有一种乘风归去的愿望。

　　主人姓陈，是条敦实的中年汉子。一头自然卷曲的花发，透出精明和智慧来。他带着我俩在偌大的几个房间，进进出出，欣赏其收藏的众多宝贝。有名人字画，有瓷器玉件，有青铜石头，有古今印章，有钱币邮票，有旧书残帙。特别令我印象深刻的是，陈先生拿出了一张中国人民的好朋友——美利坚合众国原总统尼克松访问我国时和伟大领袖毛主席的合影照片，这张照片我曾在书报中看到过，但关键的是，他收藏的这张有签名，听他讲，那是尼克松总统的亲笔。

闲聊时，陈先生给我们分享了许多收藏过程中的故事，让我们听得津津有味。其间，我也偶尔插话，讲些自己认识和了解的画家、名人，以及物件的掌故，让主人家听得饶有兴趣。我们边聊边把玩着案上摆放的一些器物，其中一件红山文化最具代表性的玉猪龙仿品，非常逼真漂亮，叫我爱不释手。

一个下午，大饱眼福，主客双方，谈笑甚欢。离开时，经过楼顶花园，晚霞中的三角梅开得火红，西沉的夕阳像一枚硕大的鸡血石印章，灿烂的光芒，是这印章盖满宇宙美丽而神秘的朱文。

2021 年 8 月 12 日上午于慈竹苑

三只蝉

立秋已多日，下了几场雨后天气转凉，虽然还在伏中，已是伏包秋，凉悠悠。平安公园的栎树已经开始落叶，银杏渐渐发黄，榉木由红变紫，广玉兰稀疏通透起来，蔷薇早已形如枯槁，紫薇还在开，只是余韵犹存，唯有桂树还很精神，细如米粒的花蕾开始胀起来，再过些时候，很快就会丹桂飘香了。

今天晴，早上走进公园里，鸟儿们一如既往地歌唱着，但踪影难寻，分不出斑鸠、画眉、乌鸫和白鹡鸰在什么方向藏着。一夜秋风，遍地静美，我一个游客，陪着五位园林工人，操坝显得空旷，树林显得寂寥。打过招呼后，工人们各自忙去了，我也开始快步锻炼。朝霞正从高楼缝隙照过来，一缕光辉披在肩上。

走着走着，几声蝉鸣灌入耳朵，又戛然而止，随即从面前倒挂的紫藤上，掉下三只蝉来。这是三只典型的老蝉，纹路粗硬的蝉翼包裹着身体，棕褐色的背壳泛着赤金色，仔细看像张狮脸傩面，露出孔武之气。它们在地上动弹着，但已失去飞的气力，在这秋意逼近的时候，刚才它们最后的长啸是吹响悲秋的集结号吧。我将三只蝉捡起放回到紫藤上，希望它们重整旗鼓，再次为夏花而欢呼，为生命而呐喊。

太阳升高时，完成了快走一万步的任务，当经过那棵茂盛的紫藤时，希望听到蝉鸣，但没有。可能那三只蝉已经无法嘶叫了，在这秋意渐重之时，它们已噤若寒蝉，不自由，毋宁死。

2021 年 8 月 16 日午后于慈竹苑

泉州之恋

入秋后，应朋友邀请到了泉州。

不久前，联合国教科文组织将这座城市老城区收录进了世界文化遗产名录，泉州也就成了我们中国第五十六项世界文化遗产。

飞机抵达泉州机场，是八月二十四日十五时三十分。走出机场，热浪扑面。在去宾馆的路上，有点小兴奋，因为来泉州看看的想法已经很久了。透过车窗，外面是一闪而过的城市风景，一路下来没有看出个究竟。但后来几天的游览，泉州给我留下了比较深刻的印象。

泉州的历史十分悠久，因此，也成了中国首批历史文化名城之一。从唐代，它开始崛起；至宋时，成了海上丝绸之路的起点；到元朝，已经是马可·波罗笔下的光明之城，放射着东方明珠的熠熠光辉。我行走在泉州的大街小巷，被其特别的东西方风格建筑魅力所吸引，也被其生机勃勃的发展而震撼。尤其是老城房屋那标志性的飞檐和鲜红的砖墙，成了泉州的经典形象，印在我的记忆里。

首先是保存完好的文庙，泉州文脉系于斯处；其次是始建于唐的开元寺，东、西分别名号镇国、仁寿二塔，大殿里稀有的佛教坛城，见证了泉州的巨变；再就是小山丛竹处，上下千年，朱熹和弘一，先后两位大家，外加李贽（号卓吾）名士，成就了泉州，百越四边五方斯文首善之桂冠；还有诸如清净寺、白耇庙、锡兰王子、阿育王塔，以及众多的禅院、道观、关公庙、妈祖庙和基督天主福音堂，应了朱夫子那句"此地古称佛国，满街都是圣人"的箴言。

除了历史、宗教、文化以外，泉州还是名副其实的美食之都。短短几天，把我变成了"吃货"。一钵斯丹姜母鸭，让人回味无穷。泉州的茶道，也是霸道，武夷山中各种款式的茶叶，四处飘香。一天晨起，朋友邀我上清源山上喝早茶，在天湖畔老君岩，一边品茗，一边俯瞰着山下泉州城的景致，甚是惬意。在一罐铁观音的盒子上，读到一句"生命是时间的艺术，茶也是"的话时，久久忘言。

明天就要回广安了，今日午后，驱车去到了泉州湾的码头。走进附近的渔村，遇见一群被称为三大渔女之一的蟳埔女，她们头上戴着美丽的花环，脸上洋溢着美丽的微笑，望着她们美丽的身影，我有一种十分美丽的心情。近处是渔港，只只渔船满载而归；远处是海港，艘艘巨轮漂洋过海。这曾经的海上丝绸之路起点，如今再一次容光焕发，潮起岸平，风正帆满。夕阳照在波浪上，晚霞里的海水仿佛在燃烧，目送海鸥飞向远方，感觉自己正一点一点地融入大海。

2021 年 8 月 29 日子夜于泉州酒店

梅香书屋

"五一九"是间办公室的门号，而这间房屋十五年的主人，便是我。年已届满花甲，前不久办完手续，正式退休了。昨天收拾整理，除带走一些零星物品和笔记文稿以外，绝大部分图书都赠送给了邓小平图书馆。离开时，环顾房间，空荡荡的，依稀有种微微的不舍。

我是二〇〇一年二月二十三日，第一次走进这间办公室的。从中共武胜县委常委、宣传部部长的任上，被组织安排，交流至中共广安市委宣传部副部长的岗位上，坐在了这屋子里的办公桌前。所到之时，正值市里积极准备迎接纪念邓小平同志一百周年诞辰日子的到来。自己分管新闻宣传和文艺工作，这期间按市委安排要求，市委宣传部通过组织研讨和策划，向市委提出了广泛开展"致富思源，共建广安"和"我为小平故里植棵树"两大主题活动的建议，赓即被市委采纳，并迅速地在全市和省内外推进实施。六月受广安市委委托，由我到成都龙泉驿星光花苑酒店，向时任四川省委常委、宣传部部长柳斌杰同志（后任国家新闻出版总署署长），专题汇报两大活动方案，得到了其首肯。接着，市委在成都金牛宾馆举办了"致富思源，共建广安"的报告会，我任宣传组组长，和同志们一道，掀起了广安建区设市以来，第一波对外宣传的高潮。同时向全省各界发起了"我为小平故里植棵树"的活动。省内新闻界积极响应，短短一个月，编辑、记者朋友们捐赠四十余万元，在广安神龙山上，栽下一片记者林，并请著名作家何开四先生撰写了《记者林碑记》。其间，我积极建议成立广安市文联和作协，起草了报告和相关文稿。这年九月，我被任命为广安日报社党组书记、总编辑，开始了三年半的新闻生涯。一年后，广安市文联、作协成立，自己因已离开市委宣传部，只兼任了首届广安市作家协会主席。

二〇〇六年冬，十二月，因一起重大的突发事件，我由广安市政府副秘书长，临危受命，出任中共广安市委宣传部首任常务副部长，主持市委宣传部工作，并兼任广安市委外宣办主任、广安市政府新闻办主任、广安市文联主席、广安市作协主席，同时，还做了广安市政府第一任新闻发言人。我再次入住市委办公楼的五一九号办公室。从那以后，一直到这回退休，自己在这间十五平方米小小的房间，度过了长长的十五年工作时光。在这些春秋岁月里，我竭尽全力地完成了市委安排的各项工作任务，组织开展了一系列宣传文化活动，得到了属于自己的荣光。

二〇一一年，自己五十而知天命，主动向市委提出，从主要领导岗位上退下来的意愿。几经反复，组织上最终同意了我的请求，免去了我担任的若干职务，但考虑事业需要，坚持让我继续留任市文联主席。至此，从一九八七年任共青团武胜县委书记以来，近二十五年的行政领导经历，告一段落。

在五一九室接下来的十年里，我实现了人生角色的转换，由一个领导者，转换成一个文化人。一边继续履职做好文联主席的工作，不断推进广安文艺事业向前发展；一边运用更多的精力完善自己，不断推进自己朝着创作的高峰攀登。这十年，广安文联蓬勃向上，奋发有为，省内影响，全国知名；这十年，自己诗艺进步，佳构迭出，作品丰富，宁静致远。

昨天，在把书递送给图书馆的同志时，几本书的封面特别耀眼，《光辉的篇章》《光辉的历程》《光辉的旗帜》《党的光辉照我心》，看着这些书名，心里特别温暖。在交出房间钥匙时，反复摩挲了一阵，还拿到鼻子边闻了闻，透过金属的味道，闻到的却是梅花的暗香。一直想给这个房间取个斋号，一直未成。在这离别时刻，忽然想起毛主席的菊香书屋来。伟人的归伟人，凡人的归凡人，那就将这间过去属于自己，未来属于别人的小小房间，取名为梅香书屋吧。

2021 年 9 月 16 日下午秋雨绵绵时

致命缠绵

藤缠树，其结果是致命的。平安公园里，几棵高大的广玉兰，开始被菟丝子紧紧地缠上了。

所谓缠，就是抱着，就是纠结，就是附体。两情相悦，称之缠绵；藤绕树枝，称之纠缠；而这看似柔软的菟丝子，寄生到广玉兰上，她会要他命的。

近年来，不知什么原因，植物界的藤蔓种族，特别繁盛。大片的坡地，被藤蔓蚕食；陡峭的山岗，被藤蔓遮蔽；尤其是路旁的树林，丛丛被藤蔓覆盖，如被施过法术一般，披着厚厚的绿色魔毡。

"大跃进"的时候，为了解决牲畜饲料短缺问题，曾经引进过一种名为革命的草，但始料未及的是，作为饲料的草，并不理想，而这种草却在各地疯长，革了很多原生草类的命。后来，有人为了观赏，又引进了水葫芦。粉紫粉紫的水葫芦，很好看。但这种外来物，天生霸道，一方水塘，一处溪流，一湾小河，它可以在短短的时间里，占地为王；甚至一条大江，水葫芦也能在一个春秋，长得铺天盖地，除了那一点粉紫色的妖艳外，剩下的全是难以驱逐的，对自然生态灾难性的腐蚀。

如今，满目皆是的藤蔓，已经开始对世界的侵略，它们要独占这原本丰富的植物生存空间。眼前，菟丝子在广玉兰树上蔓延的情境，让我不寒而栗。因为，再向前迈进一步，下一个被吞食的，就是那片金黄的银杏；下下一个被吞食的，就是那簇飘香的桂花，以及那原本无限美丽的秋色了。

有无数描写缠绵的诗，有无数咏叹缠绵的歌，此刻，我却只记起来一首表达缠绵情愫的大提琴曲《往事缠绵》。我愿意在这曲子缠绵的意境中，与这世界可亲可爱可敬的万事万物缠绵；但我高度警惕这世界，不被披着绿色外衣的魔障迷茫了双眼。

2021 年 9 月 24 日上午于慈竹苑

甘南笔记

国庆节期间，到心向往之很久的甘南游走了一圈，壮美的大自然，深厚的藏文化，令我印象深刻。把几天的见闻，以《甘南笔记》为题写出来，与大家分享。当然，虽言之笔记，其实早不用笔了，只是用手在手机上手写而已。笔记者，乃对用笔记事做点回味罢了。

去岷县

十月一日，国庆节这天。一大早从广安出发，开始向游走甘南的第一站——岷县出发。

在广元之前的高速路上，一切顺利。川北的秋天，渐入佳境，满山坡的柏树葱茏苍翠，铺展成肃穆的风景。路侧的紫薇，一闪而过，难以看清花朵，但不间断的绵延花带，如彩虹般呈现在眼中。

车过苍溪，开始堵车。高速公路上，庞大的车流形成长龙，缓缓地行进，犹如蚁群。好在堵车时间不久，旋即便畅通了。翻过西秦岭，进入甘肃境内后，很快就抵达了武都。

武都作为地名，始于先秦，故其历史文化悠久。这里介乎川甘之间，南北之界，被地质学家李四光称为"复杂的宝贝地带"。因要赶路，仅在武都服务区稍停片刻。环顾四周，山势陡峭起来，但植被明显稀疏，岩石裸露，乍一看，有点荒凉。如注目细瞧，却能发现其坚强之美，甚至还能感觉到，那山体阵阵散发出来西北人的骨气。

武都再往前，就是黄土高原与青藏高原的交接处。黄土渐渐转青，草原渐渐变绿，一望无际的草地，如碧毯铺向远方。停车立于草原上，望着远处的山峦，毛泽东《七律·长征》中那句著名的"更喜岷山千里雪，三军过后尽开颜"，自然涌上心头。经过又一百七十三公里的行程，顺利到达岷县县城岷阳镇。这里秦时置县，古称临洮，是秦长城的西起点。此时，已近黄昏，高原风寒，吹得夕阳都含凉意，内地去的人们，多数会禁不住打战。

晚餐沽酒挑面，吃过手抓羊肉之后入住宾馆，回顾一天的情景，开始写一组题为《甘南之秋》的第一首《去岷县》。写完，自己朗诵了两遍，在对其中"空出一朵白云／用以记录初见岷县的／惊喜"的回味里，入睡。

2021 年 10 月 9 日午后于慈竹苑

到夏河

第二天早上，在岷县县城，吃一碗标准的兰州拉面后，立马出发去夏河。

一路秋色正浓。进入峡谷时，两边山坡上，红枫彤彤，黄栌灿灿；山鹰在空中盘旋，蝴蝶在树丛扑闪；溪水哗哗奔腾，彩叶追波逐流；河湾处，时有小桥飞虹，刻着经文的玛尼石堆在岸畔；挂在高大榆树上的经幡迎风飘扬，看过去像片片飞舞的祥云。

峡谷上边，就是草原了。深秋的牧场，金光耀眼，风吹草低，黑色的牦牛在太阳下，皮毛发亮；白色的绵羊在云朵里，时隐时现。百灵鸟在远处歌唱，土拨鼠在眼前跳跃，牧人打马走过，几只藏獒追着主人迅跑。

下午四点，紧赶慢赶，到了大夏河边的夏河县城拉卜楞镇。夏河县，属甘南州辖区，因大夏河得名。公元一九二八年建县，时间不长，但因为镇上一座叫拉卜楞寺的庙宇，令其声名远播。

拉卜楞寺，藏语全称"噶丹夏珠达尔吉扎西益苏奇具琅"，简称扎西奇寺，一般称为拉卜楞寺，拉楞是藏语"拉章"的变音，意为"活佛大师的府邸"。该寺是藏传佛教格鲁派六大寺庙之一，拥有多个佛学院，被誉为"世界藏学府"。

踏进拉卜楞寺院门，入目则是金碧辉煌的建筑，走入闻思学院讲经堂，宏阔的大殿，一尊尊佛像，一座座菩萨，一排排金刚，其氛围肃穆，气势庄严。闻思院，是高僧活佛仁波切向众僧宣扬佛法、阐释经理、讲述哲学的地方。

从闻思院出来，天已傍晚，空中乌云密布，一阵电闪雷鸣，顷刻间大雨如注。听说入秋来，这是此地少有的一场雨。站在转经亭下，看着这解渴之雨，心里顿时充满喜悦。

雨过后，西边夕阳，红霞满天。橙色高墙下，簇簇挂满水珠盛开的格桑花，特别美丽。此情此景，禁不住诗兴油然而生：

格桑花鲜艳盛开
是灵魂中的
白度母　我的心儿
在高原　追逐小鹿

去林泉

2021 年 10 月 9 日夜于慈竹苑

扎尕那

这次甘南之行，有个重要目标，就是想去甘南州迭部县益哇乡号称天然石头城的扎尕那看看。

第三天早晨，从夏河拉卜楞镇出发，跨过洮河，经过临潭，穿过合作，一路翻山越岭，乘风踏草，陶醉于西北高原的无限风光中。车在卓尼县长川乡尕湾梁观景台停下来，举目远眺，万亩梯田呈于眼前。此处，海拔两千八百米，在这片高原平地上，刚刚收割完的麦田显得特别空旷。弯弯的田埂，阳光照耀着，泛黄而灰亮，曲折蜿蜒向四方延展开去，像无数条银蛇汇聚在岷山足下，仿佛即将腾飞的长龙。百度后方知，这些田块多用于种油菜，八九月份，菜花盛开，遍地镏金，那辽阔灿烂的气势，简直不可收拾。此刻，风从格桑花蕊吹来，高原的云朵宛如卓玛姑娘们的五彩围巾，一片一片地飘过头顶，让人顿生醉卧花丛之感。

下午，到了扎尕那景区的大门前。

但进山的游客太多，汽车如蚁，在人们焦急的等待中，车子十分缓慢地向上爬行，短短十几公里，车开了两个多钟头。刚到客栈，天下起了大雨，只好简单吃点东西，草草收拾一番，听着雨声睡觉。

翌日朝露里，登高望远，被称为神秘石匣的扎尕那近在眼前。首先被峡谷坡地上，那一排排红墙青顶的藏式民居吸引了眼球；接着是周围苍翠的岩壁，让人赞叹——赞叹其峻峭，赞叹其青葱，赞叹其四壁合围，真像一个巨大的石匣；再就是山底溪流岸边，丛丛金黄色的彩林，犹如藏家美女用金子绣成的裙摆；还有空中那群盘旋的鹞鹰，它们在上下螺旋飞翔，创作出一幅幅气象雄奇的动画，展示扎尕那的灵魂之舞。

在扎尕那待了两天，离开时的头晚，夜不能寐。想起白天扎尕那画意盎然的景致，不由得情从心生，诗意自然而然地，从笔尖倾注到了纸上：

扎尕那所有

窗户洞开

每双眺望的

眼睛明净

如水

里面飞出来的

灵魂开成扎尕那

满山遍野的

格桑花

2021 年 10 月 11 日下午于慈竹苑

在路上

甘南行走第五天，往回赶了。

在扎尕那起了个大早，为避免堵车，早晨六点，在黎明前的至暗时刻，就开始出发。下山的几十公里路，完全在黑暗中摸索。快到谷底，东边的峰峦已泛着曙光，薄如轻纱的朝露飘浮在半山腰，峡壁上的寨子时隐时现，镏金的庙宇闪闪发亮，眼前所见，犹如仙境。在即将出沟之处，来往的车辆靠边停了下来，原来是牧民赶着牛羊群正过公路。黑色的牦牛，闷头闷脑地走着，白色的羊群，在咩咩声中跳着跑着，溪河岸边开放的格桑花，乘风摇摆着。

离开甘南迭部扎尕那，向四川若尔盖进发，由山地重回草原。

甘南和川西同属青藏高原，深秋时节，二者共有的草原，一样的金黄，一样的美丽。经过郎木寺后，车子进入了若尔盖，朝着九曲黄河第一湾的唐克镇奔去。当从素有"天边云梯"之称的电动扶梯登上海拔三千八百米高的观景台时，被眼前蓝天、白云、草原和九曲黄河壮丽的景色强烈震撼。李太白诗云"黄河之水天上来"，是呵，这天来之水，正蜿蜒而过，向遥远的大海奔去，现在是缓缓的静流，再下一点，将会掀起咆哮的巨浪。曾经它孕育了伟大文明之因，现在它正让这文明发扬光大，未来它将开出更加灿烂的花朵，结下空前的文明之果。"你们可以藐视一切，但是不能藐视黄河"，伟人毛泽东的教导，让人牢记于心。

领略了黄河的壮美，继续在草原上疾驰。

车入红原境内，在瓦切镇停了下来。红原，因当年红军长征经过，方得红色草原之称。公路右边是经幡飘扬的塔林，左边是清澈湛蓝的瓦切河。漫步河岸，金风送爽，榆树林黄得耀眼，赤枫叶红得沁心。驻足玛尼石堆旁，目送青鬃马儿远去，已不知身在何处。

离开瓦切，继续往前。时间已近傍晚，夕阳西下，霞光笼罩大地，窗外闪过的万物无不沉浸在宁静和喜悦之中，目所能及全都是史诗级的情境。

经过十几个小时，行程五百多公里，晚上在高原浓厚的夜幕中，悄然进入阿坝理县县城杂谷脑镇。

2021 年 10 月 13 日上午于慈竹苑

出理县

十月六日，星期三，阴。

曾经数次路过理县，但都没有住下来。昨晚深夜抵达理县县城杂谷脑镇，倒头便睡，一觉醒来，已是凌晨六点。

理县地处青藏高原东缘，古称维州。历史悠久，文存丰富。境内既有桃坪羌寨、木卡羌寨和唐代剑南西川节度使李德裕修建的筹边楼等人文史迹，又有毕棚沟、古尔沟等自然美景。尤其是红叶圣地米亚罗，远近闻名，常常引得川内人等心旌摇曳。漫步街头，因时辰尚早，原本人稀的小镇更是清静，让晨间鸟鸣越发悦耳，风中经幡越发醒目。街后的岷山高入云端，一片片彩林镶嵌在坡上，整座山峰犹如巨大的玛尼堆；而一片片薄雾缠绕在山腰间，朝霞映照下，就是铺天盖地的经幡。

早餐后，赓即又上路。回首望去，云雾中杂谷脑镇紧紧贴在石崖上，整个情境就是一幅灵动的水墨画卷。想起蜀中美丽淑媛、多情才女薛涛写维州的一句诗："平临云鸟八窗秋，壮压西川四十州。"呵，理县，真是一个让人留恋的地方。不仅仅在这金秋，如果到了阳春，那艳红的大樱桃，也许会更加迷人。

车在奔驰，甘南已经远去了，理县也渐渐远去了。目送南飞雁群，兴起吟诗三句：

宁静致远
长空雁鸣声声
唤我回家

2021 年 10 月 13 日下午于慈竹苑

世界时间上的李白与杜甫

　　在世界诗歌史的辽阔地平线上，有两座巍峨的高峰屹立在东方，不用说，地球人都知道，他们就是中国大唐帝国时期的李白和杜甫。

　　现在是公元二十一世纪的二十年代，李杜生活创作在公元八世纪初期，距今已有一千三百多年了。虽然隔着遥远的时空，但李白与杜甫，他们二位为人类创造出来的伟大诗篇，穿过历史的烟云，还璀璨地闪耀在星空，放射出独特的光芒，紧紧吸引着所有诗意的灵魂。

　　独步的李白，终其一生，每时每刻都在天马行空，都在如魔法师般展示着自己天才的才情，创作别人无以复加、无与伦比、无以攀附的诗歌。他的身体，他的生命，以及他的灵魂，都是他诗歌的篇章；他的诗歌，他的词句，乃至他笔下的每个字，都是他呼吸、心跳，以及所有精神境界的表现。李白就是万绿丛中的红，就是浑圆中的锋芒，就是恩格斯讲的"典型环境中的典型人物"。

踟蹰的杜甫，是悲悯的，是深情的。在盛与衰、喜与悲的世界里，他将自己的一切，贯穿于时代和人民之中；他把诗歌化为春雨，融入人们心田；他把诗歌化为血肉，去感知人们的痛苦；他把诗歌化为慈爱，注进一代一代人们的灵魂。杜甫是绿叶中的绿叶，是森林中的参天大树，是大海中的一片海。毛泽东称杜诗为"政治诗"，闻一多说"凤凰是禽中之王，杜甫是诗中之圣"。

历史走到今天，李杜诗篇，还万人传诵；李杜二人，还历久弥新；李白与杜甫的形象，还如每一次日出，朝气蓬勃，充满活力。于中国，李杜上承《诗经》及楚辞、魏晋古风、汉赋骈文之精要；下启唐以后千余年诗歌创作万端之气象。于世界，近代以来，随着中外若干翻译名家，孜孜不倦地将李杜诗作中西互译，让李诗波诡云谲的浪漫情怀和杜诗专注世事的悲悯情怀，对世界诗歌文化产生了重大影响。因为历史的时间差，世界诗歌不可能影响李杜，但李杜对世界诗歌的影响是肯定的。

公元二〇二一年十月，二十一世纪的诗歌世界，继续需要独步的李白与踟蹰的杜甫；继续需要纵越横空的诗仙和注目人间的诗圣；继续需要信马由缰的创新自由，也需要语不惊人死不休的格律。为仰望星空，时代需要诗歌浪漫主义的情怀；为脚踏大地，时代需要诗歌现实主义的坚守；为实现中华民族伟大复兴中国梦，世界时间的中国诗歌需要继续发扬李杜诗歌的传统，吸纳世界一切优秀诗艺的成果。大家要一起努力，创作出具有独特魅力，符合习近平总书记要求的"无愧于我们这个伟大民族、伟大时代"的优秀作品来。

2021 年 10 月 21 日上午于慈竹苑

高血压

几年了，自己的血压总在九十至一百四十之间，一直纠结在吃药与不吃药之间。

近期，不知何故，摇摆不定的血压——舒张压与收缩压分别猛然飙升到一百多一点和一百五六十。实在坐不住了，到医院看大夫，医生详细问询和检查以后，说不能再观察了，该药物干预了。于是，反复比较，最终选择了一种叫"洛汀新"的药，立马吃了一粒。再于是，今后需终身服药的漫长过程，开始了。

我理解中的血压，既是一个生理指标，又是一个心理指标。过去的这些时间，自己还是积极对待的。一方面加强锻炼，每天走路一万步，提高抗压的生理机能；另一方面，加强修养，读书、写诗、听音乐，提高抗压的心理机能。但形势比人强，血压不降反升，工夫有点白费。

吃药以后这几天，感觉头脑轻松一些，精神振奋一些，眼力敏锐一些。在郊外转悠的时候，深秋空山鸟语，特别亲近又清脆；菊花芙蓉盛开，特别耀眼又动人；满坡蒹葭苍苍，特别诗情又画意。晚上量量血压，基本上回落到临界值的边沿。

昨日，一时兴起，找出陀思妥耶夫斯基的《卡拉马佐夫兄弟》重读时，泡了一壶老树普洱茶，再配了一曲加拿大歌手马修·连恩的《布列瑟农》，在重重的宗教和哲学的悲悯气氛中，在浓浓的咖啡因里，在厚厚的忧郁戚然间，情绪抑制不住，致使血压又蹿高了。

看来现在是激动不得了，是起伏不得了，是昂扬不得了。那就在这深秋时节，面对修竹，举目观花，抬手数雁，洗耳听鸟，潜心渠江，安静下来吧。

2021 年 10 月 28 日下午于慈竹苑

拔牙记

俗话说，牙痛不是病，痛起来要命。其实，这话一点都不俗，而是真理。几天前，我的左上颚后面第一颗后槽牙，遇冷遇热遇甜遇酸皆痛，经医生诊断，是龋齿，即常说的"虫牙"。虫牙并非生虫，是因为长期细菌腐蚀，形成空洞，从而给人带来难受的结果。

医生反复检查，并认真审看了 X 光片，得出结论，此牙需拔除，以免后患无穷。起先我有点顾虑，想能保则保，但事实胜于纠结，还是听医生的话，拔掉。

所有拔过牙的人都告诉我，不要紧的，不痛的，不难受的，连母亲都鼓励我，说二十多年前她曾拔过一颗后槽牙，至今没有问题。好吧，心里哼着那首风靡世界的《你鼓舞了我》歌曲的旋律，让医生打过麻药，静静地躺着等待令人忐忑的时刻。

开始行动，前后不到五分钟，只听咔嚓一声，医生说好了，那颗伴随我几十年，帮我饱尝世间美味，同时又让我吃尽苦头的牙齿，呼的掉进了瓷盘。医生仔细让我瞧了瞧，尖尖牙根戴着一顶圆圆的牙冠，半截处有个米粒大的孔洞，一切疼痛和难受都是从这里钻进牙髓，深深刺激着自己的神经。牙齿质地，主要是由磷酸钙和羟磷灰石等物质构成，十分坚硬而抗损伤，但看似毫不起眼的细菌，却经年累月，滴水穿石地，在牙齿上损坏出缝来，腐蚀出洞来，最终摧毁掉了貌似强大的牙齿，打败了不可一世的牙主人。腐朽战胜了金刚之身，可怕的噬蚀败坏了由天真组成的纯粹。一颗牙齿的倒掉，也许会是根精神支柱的塌陷，千里之堤，溃于蚁穴。

从医院出来，经过思源大道，有人正摇晃着银杏和枥树，希望所有金黄的树叶瞬间落完，这样便少些打扫，少些麻烦。但这灿烂的树叶可不是一串串龋齿，除掉它们，可不是除掉与人的痛苦。用拔牙的方法消灭秋叶之静美，不仅仅是煞风景，更是从精神上杀人。

晚秋难得的阳光，照在绽放的石楠和芙蓉花上，微风里，成熟了的银杏叶，飘在蓝天白云下。我想拾起金子般的一片叶子，摘下宝石般的一朵花蕾，镶嵌进自己有点空虚的牙床，用大自然的诗意，把自己武装到牙齿。

2021 年 10 月 29 日子夜于慈竹苑

十一月十一日的陀思妥耶夫斯基

今天，二〇二一年十一月十一日，农历辛丑十月初七，星期四。上午，阴天。下午，小雨。接下来的时间，可能继续在雨中。

有话说，罡日读诗，柔日读史。此时，既未吟诗，也未诵史，只是拿着一本陀思妥耶夫斯基的传记，边翻阅，边思索。今天是一年一度的"双十一"，亦称全民购物节，随着互联网万物互联互通，越来越多的人被"一网打尽"，传统的购物方式被改变；千百年的商业模式被颠覆。

十一月十一日的今天，我之所没有去网上参与购物狂欢，没有去忍痛剁手，而拿本书来说事，是因为今天还是伟大的作家陀思妥耶夫斯基两百周年诞辰纪念日。陀氏为什么伟大，因为篇幅，多的暂且按下不表，单说文学史，是这样评价他的成就，书上写道：托尔斯泰表达了文学的广度，陀思妥耶夫斯基表达了文学的深度。

现在是下午十五点五十二分，想必互联网上成交的金额正在飙升。

窗外，冰凉的雨滴敲打着竹叶和菊花，慈竹苑的斑鸠沉默无声。在这特别的二〇二一年十一月十一日，购物与纪念，一边是物欲的海水，一边是精神的火焰。其实，购物是正确的；当然，纪念也是正确的。今天购物打折，多多益善。但陀氏的文学、哲学和苦难的灵魂，绝对不能打折。陀氏有幸，两百年后，还有人纪念他；陀氏不幸，两百年前生在两百年后的一个打折日。幸也，不幸也，陀思妥耶夫斯基是万幸的。

写到此，我准备立马上网去买一套陀氏全集。因为，今天打折。

2021 年 11 月 11 日下午于慈竹苑

阳光书签

冬日难得的太阳，正一点一点偏西去。玻璃茶几上，那壶从早晨喝到傍晚的普洱，味道越来越淡。翻阅的三本书，已经合上两册，另外一本刚刚读完。

人们常常讲，生活里不仅有眼前苟且，还有诗和远方。因此，今天首先欣赏的是封面漂亮、内容丰富的第十期《星星》诗刊诗歌原创版。简言之，就是用诗的精神，澡雪垢滓，淬炼自己的灵魂。速览的第二本，是《中国国家地理》推荐中国最美一百个地方的图片集，里面囊括了九百六十多万平方公里大地上雄奇壮美的河山，诗之后，如此远方，必然勾魂。展读的第三本，则是明朝人张岱撰写之《夜航船》，这是一部古典，也是一部书籍史中的经典。上、中、下三卷，从天文地理到经史百家，从政治人事到礼乐典章，从日用文玩到花鸟虫鱼，从三教九流到神仙方术，广采博收，成了空前的一部小百科。

品茗翻书之际，时至黄昏。晚霞映在书上，给置于侧面的书签抹上了薄薄橙色。一张克里姆特命名为《吻》的油画，一片从泉州开元寺带回的菩提树叶，一块镂刻做工精细的红木，将它们分别放回书中，轻轻合上三个孤高的世界。起身探视窗外，斑鸠悉数入巢，人们先后归家，灰暗处，一只野猫绿宝石般的眼睛闪着金菊花的影子。此情此景，像册内容特别丰富的诗画卷，即将收尾的阳光斜照慈竹苑，如一枚温暖的书签，柔美地插了进来。

2021 年 11 月 9 日傍晚于慈竹苑

浔溪江南

　　近日，因交响组歌《春天颂歌》巡演的事情，去了浙江湖州南浔。隆冬下江南，虽无烟花三月的美景，但大运河岸边，那还在枝上飘扬的柳叶，仍然给人以温暖。

　　到湖州入住酒店，是晚上十点多了。江南比西南要亮得早，第二天早晨五点刚过，阳光已充盈整个庭院。走出酒店大门，慢步蜿蜒幽深的江南巷子，临潺潺溪流，观青瓦白墙，听喜鹊喳喳，跟闻名久矣的南浔打了个照面。但初见的，还不是古镇南浔。早餐后，朋友引领着，穿过上书"南陵浔曦"四个大字的牌坊，方才踏进南浔古镇。

　　南浔，古吴越故地，早称浔溪。两千年过去，因保护甚好，现今已成世界文化遗产。这里从宋以来，因商业发达，财富创造和聚集丰硕，出了不少富甲一方的巨商大贾。游览从小莲庄开始。清朝，湖州南浔将一些富商代表称为"四头大象、八匹牡牛、七十二条黄金狗", 其中刘氏庄园就是"四象"
之首刘镛的私家花园, 它集居家生活、园林观赏、吟
诗作画、收藏图书于一体, 宏大而奢华。除做工精细
的传统石雕、木雕、砖雕以外, 还有那个年代国内十
分罕见的西式玻璃雕刻。据说, 窗上每张玻雕当时价
值黄金一两。之所以名号"小莲庄", 朋友介绍, 因
庄主景仰湖州城里赵孟𫖯的"莲花庄", 故而如是自
诩。穿行在九曲回环的水街, 流连于宽廊窄栈, 伫立
于台榭亭桥, 注目于乌篷花船, 侧耳于吴越曲调, 在
陌生又熟悉的斑鸠声里, 陶醉而忘情。

　　下午, 到了苕溪鱼隐的荻港村, 当即被垄上一大
片迎风飘雪的芦荻迷了双眼。这里是世界农耕文明桑
基鱼塘之典范, 也是《诗经》及历代诗家吟咏的诗意
盎然之境界, 还是维吉尔《牧歌》中美妙之田园。村
舍屋檐下, 有高挂风干的青鱼; 弄堂木柜里, 有封紧
罐藏的桑酒; 溪水纵横间, 有常开不谢的月季。

　　出村驱车上高速公路, 紧赶慢赶到了百里之外的
无锡, 在太湖夕照君山的晚霞中, 进入洛可可交响乐
团的排练大厅。随着年轻指挥手一抬,《春天颂歌》
那熟悉的交响旋律, 悠扬地从乐手们的指尖流出, 回
荡在大厅里, 温暖着人心间。返程时, 冬月初七的弯
月, 如吴王金钩, 被静静地放在鼋头渚上, 路边疾晃
而过的柳叶, 如闪着寒光的越王短剑, 将凛冬的夜晚
划出条条刀痕。

　　第三天中午, 去上海虹桥机场, 登上了飞往重庆

的航班。在九天高处，匆匆作别湖州，作别南浔，以及一面相交的荻港斑鸠。一遍一遍默诵着白居易的《忆江南》词，脑海里叠现出昨日所见之景和吴冠中的江南水乡图。不经意间，飞机已临巴山蜀水。

2021 年 12 月 12 日午后于慈竹苑

西城漫游记

在一个城里住得再久，如果没有机缘，总有很多地方是去不到的。从武胜来广安，已经整整二十年，且不说岩下北面的老城很少去，就是岩上南面的新城，我行走的脚步，也跟不上街区建设扩展的速度，对周边总是陌生，从而感觉自己一直是个外来人。

昨日，我去枣山办事，觉得是个机会，顺便好好溜达一下。便没有开车而是打了个的士，花十五块钱，用一刻钟就到了广安火车南站广场。

枣山，全称叫广安市枣山商贸物流园区，是个准政府的县级单位，也是城市建设发展重要的一极，还是广安物流和交通枢纽。它地处城市的西面，平时除乘火车匆匆过往以外，基本没啥停留。目送一列动车驰远，从车站广场出来，经过冷清的轻工博览城，到了侏罗纪游乐园。大门敞开，里面过山车下，野草丛生；旋转木马，蛛网遍布；偌大的地方，空无一人，两只橡塑恐龙，安静地站着，面对一动不动的摩天轮，不知所措。离开远古的侏罗纪，回到现在继续走，宽敞的街道两边，是幢幢高楼，相似风格的建筑，反复出现冠以"国际"字样的名称，让人有种踏入国际大都会的感觉。在一栋挂着"广安国际财富中心"招牌的大厦前，驻足仰望，除了雨后初晴的阳光和低垂的云朵，楼顶之上，空空如也。

前方，是法式风貌一条街。还真像，不仅有凡尔赛宫的门窗，也有差不多一样大小的凯旋门，甚至于在一个小区的广场上，还有一座骑马的拿破仑塑像，仿佛身处巴黎的玄幻感油然而生。穿过静若处子的云轨，踏进著名的网红打卡地——广安城市草原。冬季难得的阳光，斜照在辽阔的草地上，青葱苍翠，用什么词语都很难描绘眼前的景象，除非"一片碧海"这句。站在芳草萋萋的"魔毯"之间，有一种要飞的冲动，不愿成为跃马扬鞭的拿破仑，只想做一个东方写诗的青春少年。

登上草地后边兔儿山公园的观景台，寰城新区尽收眼底。鳞次栉比的楼厦，像一块块巨大的积木，被摆放成一座外观密不透风，内含却比较浅显的城池。时近傍晚，向山下走去，坡上林木森森，有斑鸠咕鸣，但不见其影。路侧矢车菊盛开，红杜鹃绽放，茂密的芭茅丛中，居然有棵羊蹄甲开满粉色的花朵，乍一看，如晚霞。

穿出斑竹栅栏，重新回到了街区。微风吹拂排排银杏，橙黄的叶片飘扬着，宛如飞舞的金色蝴蝶。经过一座被芭蕉遮掩着的小楼，一缕温暖的灯光亮起来，接着街上的铺面，霓虹灯陆续闪烁辉映，人影幢幢，车流不断。辛丑年冬，广安岁月静好。

再往前，就到慈竹苑里的家了。一个下午，慢步行走在这座城市的西部，对其有了更深的认识，也由此生发出诸多感慨。它既有痛点，也有乐点；既有隐疾，也有活力；既有平庸，也有情调；既有素朴，也有颜值；既有灰暗，也有美丽。将来或许会更加充满希望。

2021 年 11 月 18 日夜于慈竹苑

邀月街

广安城内有街百条千条，其名叫"邀月"的街只有一条。

此街，于知名酒店岷山世纪正对面，于另一知名酒店东阳背后面，于更知名的思源广场左侧面，是通往邓小平母校广安中学学子路的前段。

此街原称什么，不知道。笔者过去既不是广安中学的学生，后来也不是爱逛的游客，现在还不是过吃三方的"吃货"，故，至今未涉足那里。但，透过陌生，却又相当熟悉。

这是一条以经营夜宵为主的好吃街，听说过去更多是卖杂货的。由于紧邻思源广场，周边又有几家大型酒店，地段繁华，来往车行如流，人走如织。

尤其外来客特别多，因此，政府就出资将这里打造成了专门为满足游人食欲、展示賨城风情的地方。

街整好了，馆子开业了，人声鼎沸了，但这个热闹的所在却缺少一个有意思的名字。古往今来，不管哪座城市的繁华街区，都有好听的名号，人们往往是记住一条街，从而更深刻地记住了一座城。如北宋汴京，《清明上河图》上标示的街道字号，千年以后，还令人过目难忘。所以，街名街名，一街之名，真还需仔细思忖、掂量，弄好了，给人留下好印象，弄糟了，让人老吐槽。比如有条临河漂亮的要街，入口处牌坊上大书四字"夜下西溪"。某次，新月初升，笔者陪一位著名作家先生闲游到此，抬头看时，先生不解地问，为何不题"月下西溪"？自己哑然失语。

继续说那条美食街。开街以后，当时市政府的主要领导给我交代任务，尽快给其取个名字。寻思良久，提供了三个选项供领导选择。最后，领导一锤定音，就叫"邀月街"。

好几年了，每每经过街口，总要稍稍驻足，望着里面生意兴隆的场景，煞是高兴。看眼竖立着的"邀月街"招牌，暗暗打算，等个风清月白的晚上，定到这里，举杯邀月，一醉方休。

2021 年 11 月 24 日下午于慈竹苑

回沿口

　　小时候，赶沿口；念书时，上沿口；工作时，到沿口；离开家乡后，称回沿口。

　　沿口，今之武胜县城。唐代叫封山镇，千年之后的公元一九五三年，武胜县治，从定远古城的中心搬迁至此，已经五十八个春秋。

　　在名叫封山的千余年时间里，沿口镇一直是嘉陵江流域重要的水码头，百舸争流，河运繁忙。县志记载，最鼎盛时，镇边宽阔的江面有花船数十艘。而今光阴如斯，不舍昼夜，轻舟已过万重山。

　　一九七三年秋，我从罗家公社小学跳级转学到沿口镇小学，大半年后，中考升入了武胜中学初中部。又三年，经过推荐上了高中。一年后，一九七七年冬，恰逢恢复高考，万人争过独木桥，分数上线，成了百里挑一的胜出者。又半年，鲤鱼跃龙门，顺利考进了南充师范学院中文系，跨过了草鞋和皮鞋的分界线。

弹指间，一九八二年秋，四年大学毕业，我重回武胜，被分配到地处城郊外的响水滩，在县委党校做了一名教员，开始自己长达四十年的工作生涯。从此，辗转各种职场，起浮功名之间。至今，一切皆成过往，正是：宠辱不惊，看庭前花开花落；去留无意，望碧空云卷云舒。

近日，闲来无事，回到沿口，陪侍母亲，再享伟大的母爱，再温光阴的故事，再拾年少的乐趣。今非昔比，江边已不闻拍岸的涛声，满城已难遇熟悉的故人。不见那条狭窄的石街，更不见那个穿街而过的少年；不见那幢低矮的楼房，更不见那段奋斗的青春。记忆淡去，只有意志常在；岁月老去，只有诗意恒新。临江的古镇，已凝固成石头；占山的新城，已抒展成奇境。迷失在高楼大厦之间，陶醉在佳肴美味之中。我是那叶家山大院的访客，也是那麻哥面、三巴汤、渣渣鱼、英雄会中的食客。

曾经，在沿口赶场，在沿口读书，在沿口上班；而今，重回沿口，既回不到小桥流水间的春花秋月，也回不到不惑之年的四十岁。我不能践行《左传》里叔孙豹"立德、立功"之不朽，只能怀揣"立言"的志向，梦回封山镇的唐朝。

2021 年 12 月 5 日上午于武胜沿口镇

诗歌周

近日，应邀参加了第五届成都国际诗歌周。五天的时间，活动丰富且很有创意，十分圆满，印象深刻。

报到的当天晚上，在欢迎宴会上，认识了众多国内外诗人，由陌生变成了朋友。其中，不少人的作品我曾经都有读过。因此，自我介绍时，说自己非诗人，只是一个读诗的人。在与来自俄罗斯和哥伦比亚等外国的诗人们交流时，吃惊地发现，他们基本上都能较为熟练地用汉语对话。

第二天早餐时，遇见著名诗人车延高，就相关诗歌的话题，边吃边聊，他的一些观点很给我以启发。上午，活动第一站是到武侯祠参观。许久未来了，这里已修葺一新。到过此地的人都知道，武侯祠的第一主角，其实并不是谥号忠武侯的诸葛亮，而是三国时代蜀国开创者刘备，其帝陵惠陵在祠内，故又称汉昭烈祠。但虽然这样，由于羽扇纶巾的孔明先生功高盖主，名气太大，人们总是叫武侯祠，千百年来不改口了。而且，祠里面的匾额楹联，人们记住的，多半都是写诸葛丞相的。如唐大人杜子美的《蜀相》诗，清盐茶使赵藩的"攻心"联等，还有徐悲鸿题写的"万古云霄一羽毛"，特别醒目。

本届诗歌周的主题是"世界时间上的李白与杜甫"，因此，下午就安排了到杜甫草堂举办诗歌朗诵会，并给荣获"草堂诗歌奖"的作者颁奖。著名诗人、世界诗歌运动协调委员会协调员吉狄马加致词后，十多位中外诗人登台朗诵了各自的作品，向伟大的李白和杜甫致敬，同时也向成都致敬。

当天晚上，组委会在成都电视台举办了本届诗歌周的开幕式。开幕式上，主要内容和形式还是突出诗歌朗诵，并辅之以新颖的声光影技术和几个十分精彩悦目的歌舞，给人以极大诗意之美的享受。

活动第三天，上午参观金沙遗址。一直想去看看，又一直没有适当的机会和时间，这次总算了个心愿。专家认为，金沙文化是三星堆文化的继续，只是已近古蜀文化萎缩的尾声。但一路看下来，还是十分震撼。特别是那枚太阳鸟形金环，更是让人过目不忘，此物如今已成了中国文化遗产的标志。下午，在"世界时间上的李白与杜甫"主题访谈中，中外诗人们分享了各自研读、借鉴和传承李杜诗歌艺术的心得。自己也简述了学习李杜诗歌的见解。

第四天上午去了郫都区的战旗村，此地是成都乡村振兴的样板之一。这里，村容漂亮，有川西坝子的特色，被习近平总书记称为"战旗飘飘，名副其实"。经过古蜀王望帝塑像前，想起李商隐"望帝春心托杜鹃"的诗句来。如果再将这样的诗意融入今后的建设中，未来的战旗村会更具魅力。

　　是日下午，来到酒香四溢的水井坊，参观有六百年历史的全兴窖池，品尝系列的水井坊美酒，欣赏博物馆里展存的艺术瓷器，穿越天府成都唐宋街市，晓看红湿处，"陶醉"锦官城。晚上，在水井坊博物馆，举行了颇有文创理念的诗歌周闭幕式。时间虽短，味道很长。走出小剧场，皓月当空，已是隆冬时节，巷子里有梅花暗香浮动，带着些许微醺，面对月光霓虹，一阵诗意在胸中涌动着漫延开来。

2021 年 12 月 23 日下午于慈竹苑

一路向南

已经冬至，天寒地冻，一路向南去了。随着年龄增长，凛冽中愈来愈渴望到温暖的地方。退休之后，获得了说走就走的自由，于是开始了第一次海南越冬之旅。

广安也是南方，但是西南方，较之海南，远远偏西了，温差也大了。收拾一番，和夫人驱车向南，千里走双骑。背诵着叶芝"我要起身走了／去茵纳斯弗利岛／搭起一个小屋子／筑起泥巴房／支起九行芸豆架／一排蜜蜂巢／独个儿住着／荫阴下听群蜂歌唱"的诗句，为自己壮行，开始在兰海高速公路上奔驰。

一路向南，经过熟悉的重庆渝水，爬上高高的黔东岗岭，第一天住在贵州的都匀。吃碗正宗羊肉米粉，喝壶纯正的都匀毛尖，听着窗外簌簌飘落的雨夹雪，度过高原之夜。

在寒意入骨的又一个清晨，一路向南。看到路边"小七孔景区"指示牌时，临时决定驶出高速，前往荔波。小七孔是著名的世界自然遗产地，用了三个多小时从头到尾游览了一遍，我对清代小桥小七孔印象深刻，对这里如琉璃翡翠软玉般的溪水，印象更深刻。

车行六百五十公里处，是广西首府南宁。二十多年前来过南宁，那风中婀娜多姿的大槟榔和波罗蜜树，至今还留在记忆中。短短半天时间，受到了居住南宁的中学同学一家十分热情的款待。带着邕江的风光和同学的友谊，心情愉悦地继续一路向南。

汽车行进中，感觉气温在一点一点向上升，冬寒缓缓退去，春暖徐徐而来。翻过桂西北十万大山，进入粤西南的滨海地区，片片甘蔗林，送来阵阵甜香，不经意间，就到了雷州半岛的湛江。

第四天早起，赶到徐闻县的海安新港码头，将车开上了跨越琼州海峡的大型渡轮。由于遭遇强寒潮，海上风急浪高，坐在船里，漂泊中有一种翩翩欲飞的冲动。一个多小时后，抵达海口美兰港，登上了中国之南的海南岛。

还有 89.1 公里，只需一小时二十七分钟，就要到达目的地——临高。随着椰子树欢迎的舞姿，禁不住加大油门，提振速度，一路向南。

2021 年 12 月 27 日子夜于临高琉金岁月

文昌会友

　　到海南第二天，文昌的朋友邀请我去看看。盛情难却，驱车经澄迈，过海口，行程一百五十公里，用了两个小时到达目的地。

　　文昌，历史悠久。有文城，有文庙，也有文昌鸡；还有铜鼓岭下昌洒镇，近代史上著名的宋氏三姐妹故里；更有位于海岸边，闻名于世的航天发射场。在椰林沙滩与两位等候多时的朋友热烈拥抱相见，能在海天之间会面，大家分外高兴。在甘兄台家，谈笑正欢时，偶尔瞥见茶几上放着一部翻开的《后汉书通译》，页面上圈圈点点，间隔处还有些批阅。主人注意到此，便捧出一叠厚厚的笔记来，说是最近读史的心得。听闻，自己十分惊讶。这位仁兄，曾经与我在一个县的党委班子里共事，后来长期担任某家重要央企高管，去年退休，上个月才到海南岛过冬。在如今这个年代，还用心地读史籍，还费劲地用钢笔，还系统地写心得，面对十多册蔡东藩编撰的"中国历代通俗演义"和几大本呕心沥血的笔记，谁能抑制住敬佩之意？在另一位廖同学家做客时，讲得起劲的是如何带孙子，理财富，养花草，做美食，满满的人间烟火，被他洋溢的幸福所感，自己也跟着乐在其中。

朋友相聚，肯定少不了喝一盅。晚上，三人到沙滩椰林的海鲜大排档，举杯邀月，把酒临风，低吟曹操《短歌行》，高唱李白《将进酒》，在三位夫人的见证下，伴随涨潮时的波涛涌动，醉而归。

翌日晨起，在南国温暖的阳光里返程。椰舞婆娑，春心荡漾，望着海南岛绽开的木棉花，遥想大陆上严寒中的红梅，一定也在怒放吧。

2021 年 12 月 31 日晚于海南临高琯金岁月

蚂蚁观

　　海南临高琉金岁月的阳光，灿烂得真如分分寸寸都镏过金一样。远离椰子树，坐在草坪上，背靠一棵繁花似锦的羊蹄甲，沉默无语。

　　风，从院子栅栏外的文澜江上吹过来，"呼呼"生威，虽是隆冬，但全无寒意，尽是春暖。倏然发现椅子下，一串蚂蚁浩浩荡荡经过花岗岩地板，朝对面的石楠丛前进。专注地盯着这支既熟悉而又陌生的队伍，有一种时光闪回的感觉。小时候，常常以围观蚂蚁搬家为乐，时不时还唱一小段"洋丁丁／请蚂蚁儿／小哥不来胖官来，胖官不来／打起锣儿一路来"的儿歌。歌里的"洋丁丁"是蜻蜓，"小哥、胖官"是小蚂蚁、大蚂蚁。因为记忆深刻，所以对此情此景就很熟悉。说陌生，那是由于少年以后，几十年再也没有留意过蚂蚁们的事情了。

　　蚂蚁确实渺小，再大的蚂蚁也只有细小的微观世界。曾经写过一首赞扬蚂蚁的小诗，描写蚂蚁小小的世界。诗云：

> 我是一只蚂蚁
>
> 一粒沙　一滴水　一线光
>
> 都是我的一世界
>
> 我的世界很小
>
> 只有一颗玻璃心
>
> 它装不下月亮　太阳
>
> 天空和大海
>
> 都装不下
>
> 它只装着
>
> 造物主和我

　　漫长的时间里，忽略一种昆虫，在如今这个所谓元宇宙的时代，简直就是轻如鸿毛。我自认为对微小的生命有十二分的尊重，但在读《瓦尔登湖》时，对梭罗用十几页的文字去描写红蚁和黑蚁厮斗的场面，居然也产生了有点过的感觉。看来，人类也许真正进入自大狂的新纪元了。

　　风势越来越猛，羊蹄甲鲜艳的花朵被吹落成满地红颜。有些坐不稳了，再看蚂蚁的队伍，丝毫未受大风的影响，正逆风而行，即将平安地进入石楠丛中。

2022 年 1 月 3 日夜于临高琉金岁月

阳光日

临高近日，天气大好。阳光似金，碧空如镜。数九寒冬的季节，却暖意融融，人人心里都涌动着春潮。

一大早，来到北部湾的金沙滩。这里海岸粗犷，松林绿油油的，沙粒黄灿灿的。滩上渔舟一字排开，椰子树迎风起舞，波浪向着太阳奔腾如马。触景生情，王立平那首《大海啊故乡》歌曲的旋律，自然从口中哼了出来。

归时，经过临高名气甚大的网红打卡地——文澜江牌坊文化长廊，放慢脚步，逐个细瞧。在长达 1.7公里的大道旁，八十七座造型各异的大理石坊，东西走向，依次排开，气势宏大。每座牌坊上，都镌刻着名人撰书的楹联，其内容从先秦始，到现代终。有从古往今的至理名言，有传诵千古的诗词歌赋。驻足在一座别致的坊前，注视良久，坊的台柱上刻着毛泽东主席书写的王勃《滕王阁序》中著名的联句："落霞与孤鹜齐飞，秋水共长天一色"，龙飞凤舞，气韵灵动。而另外一坊上"佳兴忽来诗能下酒，豪情一往剑可赠人"两句，也令我印象深刻。

回到琉金岁月小区，已近黄昏，但阳光丝毫未减其锐，高高的槟榔树，挥洒着晚霞，光与影比印象派大师雷诺阿笔下的画面，色彩更具变幻缤纷。腊月十四的月亮已从文澜江上升起来了。坐在草地上，戴着耳塞，从手机里找出几首乐曲，一边沐浴阳光月光，一边欣赏音乐。当听到作曲家关峡的《第一交响序曲》，顿时热血沸腾，多巴胺爆表。

晚风吹拂，盛开的羊蹄甲树红花，一片一片飘扬空中，在阳光和月光的双重照耀下，让人神魂迷离。

2022 年 1 月 15 日夜于临高琉金岁月

电影公社

　　海口市龙华区一隅，有个门票价格不菲的景点，名叫"电影公社"。顾名思义，景由电影而生，很有气势的景区大门，上书"观澜湖　华谊　冯小刚　电影公社"两排朱红大字，看后明白，这是一个由房地产商承头、华谊公司参股、冯小刚提供创意的大型文创作品。著名电影导演冯小刚，和笔者差不多是同一个时代的人，我们也许有不少共同记忆的东西，这"公社"二字可能就是。历史上有两个"公社"颇具影响力。一个是法国大革命时期的"巴黎公社"，一个便是咱们中国的"人民公社"。把这个地方叫公社，或许这就是原因。

　　今日，随夫人摄影团来到此处游览，做一天公社社员。想来自己虽生长在人民公社时代，而且在公社的公房里居住生活了十六年，但却未入籍当过一天社员。一九七八年高中毕业，如不是赶上恢复高考，考上大学，可能就会去农村当社员了。

　　所谓电影公社，就是一个影视城。在公社里溜达，知道此地名气之所以大，是因为二〇一七年，冯小刚把这里建成了自己导演大片《芳华》的摄制场。当年那部既叫好又叫座，让一代人、一批人、一伙人感慨不已、感动不已、感怀不已的以咏叹青春为主题的电影《芳华》，就是在这里杀青的。

　　电影公社，由两个区域组成。一部分是《芳华》的外景和拍摄场地，重现了那个时代的风物情景。这里主要吸引着笔者这个年龄段的男女，他们成群结队，在那些早已消失但却深刻地留存于记忆中的建筑前，叙说过往，激动万分，拍照留影。说年轻，那可基本上都是六十岁左右的中年偏老的人；说老，但都还有青春逝后的火种，一旦遇见公社这种特殊环境，芳华的火把会被这意外的烈焰点燃。

　　而另一部分，则是为了拍摄历史影片再造出来的一座民国小城。需要的街道，都建了；需要的元素，都齐了；需要的环境，都有了。连立面所需要书写的墨迹，都是民国的；连氛围背景的歌曲，都是《夜上海》《酒醉的探戈》《蔷薇处处开》；连营造浪漫环境的词句，都是徐志摩和张爱玲的。

　　夫人们继续拍照去了。我回到今晚入住的旅店，泡了壶老茶，坐在店门前小花台里，津津有味地呷品，漫不经心地打望，看街上各方游客，从芳华的留恋中穿越过来，又从民国的影子里穿越回去。时间在一曲《忘不了》的声音中，悄悄过去，偶尔抬头，突然发觉这家旅店有两个名字，一个是霓虹灯做的"海上花"，一个是楠木刻的"芳华小筑"，霎时，风吹目下三角梅，自己亦有正在穿越的感觉。

2022 年 1 月 21 日下午于海口郊外
电影公社海上花暨芳华小筑门前花台上

海花岛

"中国的海花岛，世界的海花岛。"

这是海南大型填海人造岛海花岛的宣传广告语。

沧海变桑田，这是古人类巨大的梦想，几千年一直在为之奋斗和追求。如今全世界众多地方，都在填海造地，不断实现着梦想，甚至不断超越着梦想。于是，在中国的天涯海角，在北部湾的东岸，人工建造成了面积达 7.8 平方公里的海花岛。

站在钢筋水泥构筑起的宏大的堤坝上，感觉海阔天高，面对奔腾而来的排排浪涛，迎着呼啸而过的阵阵大风，如果要想吟诗，只能朗诵杜甫老先生著名的那句：

飘飘何所似，
天地一沙鸥。

披着金子般的阳光，踩着银子般的沙滩，望着眼前这蓬莱仙境，满目都是高楼大厦、玉宇琼阁。特别气派的是有五千一百二十一间客房的欧堡酒店，特别耀眼的是堆满人工造雪的冰雪宫，特别夺目的是像两枚宝石悬蛋的希尔顿宾馆。此时此刻，被彻底震撼了。这里是资本的梦工场，资本的魔力，施展着魔法，表演着魔术，创造着魔幻，它令每一个到来的人内心膨胀，认为自己拥有无比的财富，自己是天下的主，自己是世界的王。

　　走上椰林丛中的高岗，极目远眺。近处是大海，远处还是大海；低处是蓝天，高处还是蓝天。一只沙鸥正飞翔而过，浮士德博士般的感慨油然而生："美呵，请停一停！"

2022 年 1 月 30 日午后于琉金岁月

理发记

　　为理发写篇记。原因是一个月之内，自己到街道路边连续理了两次发。而在这两次前的最近的一次，则是五十多年前的事了。

　　去年末，辛丑腊月初，梅花初绽时，自驾行程一千八百公里，从广安来到了海南的临高过冬。彼时，大雁早已南归，北方的寒流高强度地向南潮涌。犹如一群群候鸟，众多琼州海峡以北的和北方更北的人们，纷纷在天涯海角寓居安心。

　　转眼间，在温暖的阳光里，辛丑年的腊月很快就要过去了；弹指间，壬寅年的春节马上就要上位了。除夕下午，陡然感觉自己本来不多的头发，似乎长得特别长，在新年即将来临的时候，应该好好整理一下。但所有理发店，皆已关门歇业，无处可寻。只有小区外街道路边，一位老太太摆着十分简陋的一个理发摊，没有生意。走过去，用手机微信扫码交过十元钱，端坐下来，老太太便用手动的剪刀开始理发。

一边理发，一边激动。自己记忆里如此场景，那可是孩童时代呵。五十多年前，在老家武胜县礼安公社九大队生活了一段时间，每当头发长了，就随爷爷步行到公社街边去，找个剃头匠，收拾收拾，叫剪脑壳。自己的头发剪好了，爷爷背来换米的花生也卖完了。后来回到母亲工作的罗家公社，从那以后，五十多年一直就在理发店里理发了。

虽然一直在理发店里理发，但进的理发店却很少。除了上大学四年基本靠自己给自己理以外，粗略算算，大概就三个。一个是罗家街上的"群力理发店"，一个是武胜县委机关理发室，一个是沿口镇政府街的"小白理发店"。而这三家理发店，至今给自己理过发的理发师，总共就三位。最先是罗家公社的那位陈师傅；其次是县委机关的那位老白师傅；再就是老白师傅的女儿、给自己已经理过三十多年发的、目前还在继续理的小白师傅。

坐在马路边，老太太很快就把我近乎光秃的脑壳拾掇规矩了。谢过后，回到家里，脑子特别轻松，突然想起一句常言：贵人不顶重发。呵，真是哦！吃过年夜饭，看着春晚节目，非常愉悦。

春节后，因事回了一趟武胜。欢快的日子总是过得很快，又该是理发的时候了。但假期中"小白理发店"还没有营业，只好重返临高后，于今天再找那位老太太剪脑壳。

老太太十分高兴，边理发边介绍她自己。原

来，这老太太和我住一个小区，是辽宁沈阳人，退休前就在国营理发店做理发师。退休后，为了避寒，南下来到临高，买了房子长住下来。为了打发时间，老太太在街道旁摆起摊，重操旧业，当然，也方便了大家。我用手机照了几张路边理发的自拍，发到朋友圈里，亲友们点赞不少。自己也有点小兴奋，这次可真正是回到了从前，是一个普通人对更普通的人生的回归。

　　走在路上，两边的椰子、槟榔、棕榈树迎风起舞，木棉挂满果实，红羊蹄甲花开得像自己的心花怒放。

2022 年 2 月 13 日夜于临高琉金岁月

芒果

　　我寓居的海南临高县城琉金岁月小区院子里，除著名的椰子、槟榔和棕榈外，还有芒果树。芒果是热带特有的夏季水果，现在才刚刚结实，远未成熟，但每当阳光明媚之时，坐在树的下面，总感觉有香甜的味道在刺激着味蕾。

　　对芒果的记忆，要追溯到二十世纪六十年代末，那时自己还是孩童。某年某月某日的中午，公社的高音喇叭响起来，通知大家到街上去，说是迎接伟大领袖赠送的芒果。原来，当时世界正掀起反帝国主义的高潮，非洲朋友为了感谢中国的支持，不远万里，给中国人民伟大领袖送来了芒果。领袖要和全国人民一起分享，于是，就像现在的奥运火炬一样，在祖国大地上，一站一站地传递。在人群中远远地看到了一眼芒果，彼时的芒果已成圣果，吃是不可能的，但对芒果的念想却一直牵挂于心。

　　若干年过去，改革开放，经济繁荣，全世界的水果中国都能买到了，中国人都能吃到了，于是，自己终于尝到芒果的滋味了。

此时，临高角海上的西北季风，正朝着琉金岁月吹来，积聚了好几天的灰色云团被一扫而光。坐在芒果树下，温暖的春阳热烈地拥抱着我，盛开的木棉花和火焰花，为这迅速降临的春天摇旗呐喊，增光添彩。捧着罗曼·罗兰的《名人传》，再次重温贝多芬的故事，"打开窗子吧，让自由的空气重新进来，让我们呼吸英雄的气息"。接着乐圣"扼住命运的咽喉"的名言之后，就是托尔斯泰的"战争与和平"了。

说到托尔斯泰，就自然而然地要提起托尔斯泰的老话题"战争与和平"。一部人类史，既是一部战争史，又是一部和平史。所有战争，都是对人类的伤害；所有和平，都是人类的追求。但吊诡的是，所有战争，都是人类自己展开的；所有和平，都是人类自己破坏的。

此刻，已是公元二〇二二年二月二十六日下午五点十五分，夕阳从高楼的缝隙间照过来，椰子、槟榔、棕榈树，还在风中婆娑起舞。文澜江上，一行白鹭飞向远方；身边粉黛籽草丛里，有几只白鹡鸰鸟，在啁啾低鸣。合上《名人传》，举首望望挂在树上的芒果，那由青绿渐渐转为橙红的颜色，犹如晚霞的光芒。

2022 年 2 月 26 日下午于临高琉金岁月

临高角

　　临高角，首先是个地名。是海南岛西北方，隔着琼州海峡，与雷州半岛遥遥相对的一个岬角。它像鲸鱼的长鳍，划开南海北部湾的海水，一分为二的海面被称为日月海。东边的日海，常常波涛汹涌，显现着海的英雄气概；西边的月海，往往风平浪静，展示了海的美人姿态。

　　临高角，其次是段历史。地处我国天涯海角的海南岛，千百年来通过黎、汉民族的共同努力，一直在开化，在发展。从百越到象郡，从崖州到琼州；从伏波将军到冼夫人，从黄道婆到苏东坡，世世代代，改天换地，从蛮荒逐渐进入文明。其间，清朝中、晚期国力羸弱，西方列强侵占海南。一八四六年，荷兰人在临高角设立海关，先后由法国人、英国人、日本人在中国的地盘上收中国人的税。一八九四年，法国人在临高角建起了全岛第一座灯塔，为深入占领提供方向。时间到了公元一九五〇年四月十七日，中国人民解放军在临高角胜利登陆，由此，临高角和整个海南岛，从胜利走向更大的胜利。

临高角，现在是我和来自祖国四面八方的外地人，以及海南本土人共同生活的家园。改革开放以来，为了深度开发海南岛，几十万内地人开始了又一次盛大的登岛。而今的海南生机勃勃，日趋繁荣，正在掀起建设国际自贸港的热潮。

站在临高角巨大的礁石上，犹如站在一艘巨轮的船头上，东方风来满眼春，直挂云帆济沧海，迎着朝阳，有一种即将远航的感觉。

2022 年 3 月 9 日下午于临高琉金岁月

琉金岁月

我寓居海南临高县城的小区，名曰琉金岁月。

对，是斜玉旁的琉，不是三点水的流。没有问过开发商，只是私下揣测，可能因为玉比水贵重，业主希望财富如玉留下来，而不是像水一般流走。

琉金岁月，地处县城主干道旁，紧邻文澜江边。院子不是特别大，但绿化不错，尤其海南著名的椰子、槟榔、棕榈和木棉树，样样都有。每当临高角有海风吹来，这些树便婆娑起舞，在日光和月光之下，如仙子踏歌而行。这里还有一种花期很长、颜色艳丽、形状奔放的花树，叫红花羊蹄甲。它那十分夺目的身姿，真敢说谁见谁爱。

我是去年年末第一次来到琉金岁月过冬的，至今已住三月。临高地理坐标位于北纬十九度，靠近南海北部湾，属热带海洋型气候，全年温暖。三个月里，没有感到寒冷，到现在九九艳阳天，始终春意融融。这次来临高小住，原先给自己订了一大堆计划，比如开始撰写《岁月的温泉——广安市文联十八年》、动笔创作诗歌剧《陆游的农家》等等，但在百日期内，除写下五组环岛游历的短诗和十一篇《西溪絮语》短文外，更多的时间用在了会友叙饮和坐在海边发呆。至于回忆录和剧本，则八字没有一撇。

虽然，冬去春来三个月的琉金岁月成了流金岁月，但光阴并未虚度，有很大的意外收获。前面提过，琉金岁月小区不是特别大，可它的业主却是周边几个楼盘住得最满的。每当夜幕降临，百家灯火齐放；每天晨曦日出，文澜江畔，早练的人们络绎不绝。春节前后，小汽车停满了院子里所有空地，留意看了看，不算南方，长江和秦岭以北省份的牌照全在。散步时专心听了听，过往的邻居们，中国天南地北的方言都有。某天下午，在院坝草地上晒太阳，遇一遛狗的大姐，主动搭讪，得知她是北京人，从前在长安街上一著名饭店做宴席雕刻师，退休后独自居住在临高，家人只有每年春节来看看，平时就和牵着的这条狗过日子。听她说，这是条来自西伯利亚的纯种萨摩耶犬，今年十九岁，如果换算成人的年龄，那就是一百三十八岁了。呵，这世道，不仅人高寿，狗也长命。小小社区，却能与来自五湖四海的人们相聚，何其有幸。

回首看，确实没有完成预定的写书任务，可如果从读书方面讲，琉金岁月的三个月，称得上是饱读诗书的日子。细数一下，先后重读了经典咏流传的《古文观止》，罗曼·罗兰的《名人传》，约翰·鲍克的《神之简史》；新读了赫尔曼·黑塞的《悉达多》，刘基的《郁离子》，张岱的《夜航船》，以及鲁米的《在春天走进果园》等若干外国诗人众多诗集，共计十五册两百余万字。如此道来，这三个月还不是虚度的慢生活，倒还是一寸光阴一寸金。

明天，就要驱车回广安了，就要踏上繁荣锦绣的千里归程。晶然山的野樱开了吧，桃花岛的桃花开了吧，他山书院的蔷薇开了吧，大凉城的杜鹃开了吧，云顶山的月季开了吧，老家沙溪的油菜花开了吧，应该都开了，恭请烟花三月稍候，且等我乘春风归来。

2022 年 3 月 14 日晨于临高琉金岁月

素颜

　　三月里，万紫千红是春天身体美丽的色相，而从花瓣纯洁白净到花蕊的槐花，则是春天灵魂肃穆的素颜。

　　春天，是世界必须拥有盛大的喧嚣，万物都在这个时间蓬勃焕发，都在这个季节做好所有繁华的开局，做好渴望与企盼的准备。在春天，连石头都会动心做梦。因此，春天槐花除了纯洁白净而灵魂肃穆以外，还具备了一切漂亮花魁所绝无的暗香，那是种从高雅渗透出来的香，是种从沉静散发出来的香。

　　槐花的特别是绝无的，却也并非仅有。在它的前后，有含笑、橘、柚和栀子等，它们均具备干净、饱满、纯粹和洁白的花朵，以及独具魅力的至醇之香。槐花是花界奇异的代表，它没有玫瑰的艳情，但有比玫瑰更高尚的爱，常常被称为槐花雪；它没有梨花的花姿，但有比梨花更甘浓的甜，往往被叫作槐花蜜。

　　每当槐花开时，自己就喜欢垄中行，到青野去，站山坡上。总是想去看看飘飞的槐花，闻闻陶醉的槐香。我心无猛虎，不能处处细嗅蔷薇。唯愿伫立田畴，安静面对槐花这位素颜朝天的宁馨儿。

　　　　　　　　　　2022 年 3 月 28 日下午于慈竹苑

坐街

今天是农历壬寅二月廿七，公历三月二十九日，星期二，平常的一天。午饭后，从食堂出来，沿着金安街，朝思源大道走去，在大道和广场宽敞连接处的椅子上坐下来。

思源大道，是广安新城的中轴，也是广安最具影响力的主街，建成至今近三十年了。自己当年在宣传部门工作时，组织人员为其拍过不少图片，录过不少视频，写过不少诗歌，编过不少画册，助其荣登过"四川省十大最美街道"的龙虎榜。此时，坐东朝西，右侧的两边是几家著名银行的高楼，一字排开；左侧的前面，是近年立起来的邓小平巨幅画像，为有这么一处彰显小平故里之城的标志，自己和不少同志努力呼吁了较长时间；画像的前面，是思源广场的主体——喷泉水景，每当周末和节日夜晚，这里华灯璀璨，音乐高奏，泉水映天。自己曾为音乐喷泉的设计、造型、配乐，煞费苦心，绞尽脑汁；水景音乐喷泉的前面，则是思源广场最重要的部分——"实事求是"青铜宝鼎。此鼎乃由宜宾五粮液酒厂捐赠，重达四十一吨，上铸小平手书"实事求是"四字。基座两侧分别镌刻着当年由本人及诸君求来的墨宝，一件是中国著名书法家卢中南敬录的《邓小平南方谈话》，另一件是当代著名散文家梁衡撰写的《广安真理宝鼎记》。紧靠广场，还有两处建筑，一个是岷山世纪饭店，该饭店在二〇〇四年和二〇一四年先后两次迎接了为纪念小平同志一百周年和一百一十周年诞辰，举办的大型文艺晚会《百年小平》《高山仰止》，来广安演出的两百多位艺术家使其成为广安最具文化气场的饭店。也是在这个店，自己履职的十多年里，接待了来自全国以及世界的文艺界、新闻界、理论界、宣传界的众多知名人士。另一个是全国唯一以邓小平命名的图书馆——邓小平图书馆，自己曾参与该馆建设、组织和发展工作，二〇一二年秋，还远渡重洋去北美，为其选书、订书、购书。再就是去年退休时，自己将近千册颇具价值的个人藏书捐赠给了邓小平图书馆。

　　坐在街头，惠风和畅，犹如被春天温暖地拥抱着。街边银杏，片片新叶，似青春豆蔻年华；排排丹樱，花团锦簇，洋溢着青春绚丽之美；条条杨柳，丝丝入扣，飘扬起青春的行行诗句。小伙子姑娘们，行影憧憧，焕发出青春的勃勃生气。思源大道，真是满街亮丽的青春呵！从袋子里摸出刚刚买的三本书，翻开葡萄牙诗人佩索阿的诗集《我喝醉全世界的不公：佩索阿诗 100 首》，读了几句，放下了，把全世界的不公，由一个人喝醉，这该有多么难受，该是多么大的不公！我还是喜欢这位仁兄另外一句诗，"不要你送我的花，只要你自己绽放的花"。再翻开美国女诗人狄金森的诗集《我的河流奔向你：狄金森诗 100 首》，其中有这样的句子：

> 我的河流奔向你——
> 蓝色的海　你是否欢迎我
> 我的河流等你回答——
> 啊，海——看起来多仁慈
> 我将从斑驳的隐秘之地
> 为你汇流而来——
> 说吧——海——接纳我

读着读着，眼含热泪，因为我也有河流，而且还是两条，一条是渠江，一条是嘉陵江。在这春意阑珊的时候，我的两条大河渴望向大海奔流而去。

时已傍晚，该是起身回家的时候了。因为坐街，今天这个平常的日子变得有点不普通。过去常常坐堂，常常坐台，但从未像今天这样坐街。堂有堂的明亮，台有台的光芒，而街也有街的自在。今天坐街，如坐春风，把自己坐进茫茫人海里，坐进悠悠人世间，坐成一只不为形役的闲云野鹤。收拢心绪，移步迎花，走向慈竹苑，仿佛已听见苑里斑鸠的咕咕叫声。

2022 年 3 月 29 日傍晚于慈竹苑

斑鸠集

慈竹苑里斑鸠成群，从早到晚，咕咕声不绝于耳。

斑鸠在川东是寻常的鸟，随处可见，静心可闻。斑鸠在《诗经》里，由鸠出现，彼鸠是否同此鸠，至今还无定论。但斑鸠于中国传统文化，却不容置疑地成了一个诗意的符号。在千百年的文化史中，常常有它飞翔的影子和歌唱的声音。

慈竹苑里有各种鸟儿。多的如麻雀，飞来飞去的还有画眉，有白头鹎，有乌鸫，有白鹡鸰，甚至有噪鹛。当然，印象深刻的，还是斑鸠。

慈竹苑的斑鸠，喜欢待在树竹草丛中，很多时候，是闻其声而不见其形。但如遇天气晴朗，太阳斜照时，斑鸠们会三三两两飞上屋顶，相互追逐嬉戏。春天，它们很兴奋，整天飞扑欢腾，把咕咕声叫成咏叹调；夏天，气候炎热，晨曦和黄昏间，它们会展翅低飞；秋天，树竹叶落后，隐匿之处少了，举目即可见斑鸠们飞檐走壁的身影；冬天，万物枯槁，天地静默如迷，斑鸠偶尔的三两声鸣叫，让慈竹苑愈发显得寂寥。

这些年，慈竹苑的斑鸠每每给我带来灵感，也频频将其写进诗句中。连新近出版的诗集，都取名为《斑鸠集》。这些富于启示的精灵成了生活不可或缺的部分，我是它们的知音，它们是我创作的源泉。

行文至此，时已傍晚。一只斑鸠飞起，融入谷雨节的晚霞，放眼望去，感觉万古凌霄，何至羽毛。

2022 年 4 月 20 日谷雨节傍晚于慈竹苑

打电话

电话，是人类高保真、实时传递信息、交流思想的通信工具。它的出现，终结了人与人千百年信函往来的历史，是人类文明进化的一个显著标志。目前，电话交流——包括通过短信、微信、语音、视频交流，已经成为人类最重要的交流方式。所谓信息时代，窃以为就是从电话开始。

笔者接触电话很早，从儿时几岁记事起，因为母亲当时在一个叫胜利的公社做办公室工作，在她身边的自己便天天看着和听到接打电话，那摇把子电话响亮的铃声，终日不绝于耳。

后来，我长大了，工作了，拨号盘电话成了自己的工具。开先，因为工作的层级不高，以接听电话、遵从安排为主。后来，随着职位变化，自己由被动接应逐步转换成主动拨打，这样的情形，一直延续到退休的时候。这个过程中，作为工具的电话，其形状也一直在改变和升级。固定改移动，轮盘改键盘；有线改无线，铜芯改光纤；座机改手机，砖头改薄片。短短几十年，一部电话装进了产业社会向信息社会转型的全过程。

如今，退休了，事交了，自然电话也少了。整日没人呼叫，正常；三两天电话铃不响，也正常。曾经与人笑谈，说为了打破这绵长的沉寂，自己会偶尔坐在家里，用自己的手机拨打自己的座机。虽然，现在接打电话的频率骤降，但每天却有两通电话，除非常情况，必须打。这两通电话，都是在晚上七八点钟打出去。一是打给在成都工作的女儿，话不多，总是两句：

"下班了吗？早点休息。"

二是打给住在武胜县城的母亲，话也不多，也总是三句：

"吃饭了吗？注意冷热哦，早点睡吧。"

行文至此，已近黄昏。雨后初霁，晚霞迷眼。该是做晚饭的时候了。晚饭后，又该是打电话的时候了。

2022 年五一劳动节傍晚于慈竹苑

从高考作文以《红楼梦》相关内容为素材而破题谈教育的幽默与反讽

今天，公元二〇二二年六月七日，农历壬寅仲夏五月初九，是本年度全国高考的第一天。现在是下午四点十五分。

上午，刚刚结束首场的语文考试。随着时间的推移，家庭成员远离高考，近些年越来越不太关注这一年一次的大事件。但此时，一条微信朋友圈却引起了我强烈的注意。

朋友转发了上午语文考试的作文题，说是标题，其实不是。它只是一段从小说《红楼梦》里抽取出来做文章的素材。提供素材，供考生运用其铺展开去，写出一篇文章，是好多年来高考作文的惯例，今年虽然有些特殊，但也不例外，还是不出题目，只上素材。想起四十多年前我的一九七七，那是一个冬天，自己参加恢复高考的首次高考，四川的作文题目是《读〈一个矿工的变化〉有感》，现在已记不清楚当时自己写了些什么，不过肯定有感，尤其是自己可能做一个矿工的想法，特别深刻。不然，在那千军万马争过独木桥的时候，自己也不会高中只读一年就考上了大学。

扯远了，话说回来。继续讲这个提供《红楼梦》相关素材写一篇高考语文作文的事情。不赘述那条材料的内容，只是借此谈点《红楼梦》与当下年轻人读书之感想。

今年高考作文，以《红楼梦》相关内容为素材，估计没想到的人不在少数。因为，目前这个世界，值得关注的现实问题太多了。如经济发展，如中美关系，如俄乌战争，等等。但这些均未进入高考出题人的法眼，而最终入题的是《红楼梦》。

《红楼梦》无疑是咱们中国最伟大的小说，甚至可以不加之一。将《红楼梦》相关素材，作为遴选国家未来栋梁的参阅，绝对正确。笔者觉得有点幽默与反讽的是，在读着这个题目时，记起了几年前媒体发布的一次问卷新闻。其结果称，在回答"你死活也读不下去的书是哪本？"时，高居榜首的居然是《红楼梦》。呵，《红楼梦》居然成了"死活读不下去"的书，这是一种什么局面？

这样的局面，听起有点幽默与反讽。可很多事情，光幽它一默，远远不够；很多问题，光反它一讽，哪能解决。借孙文先生的话：革命尚未成功，同志仍须努力。

　　行文至此，已是下午五点五十分。今天高考的第二场考试应该已经结束。太阳偏西，但晚霞预兆翌日朝晖，衷心祝愿万千考生，努力吧，未来之时代必是胜利红旗飘扬的时代。

　　　　　　　　　　2022 年 6 月 7 日傍晚于慈竹苑

蝉鸣声

时间进入盛夏的二伏天，所有声音都是燥热的。

今日大早，去平安公园的林子里散步，朝霞中蝉的鸣叫开启了一天的声响，不绝于耳。春秋季，鸟儿是这树林中的主角，不同的曲调汇成动听的旋律，此起彼伏的主题是一首美妙的合唱。但在这夏天的时候，蝉是主角，当群鸟因避暑而偃息于林荫深处，蝉们才唱得更欢。唯有蝉噪林愈静，已无鸟鸣山更幽。在热烈的蝉鸣声中走几圈，耳朵似乎会冒出火舌来。

回到家里，慈竹苑的斑鸠悄无声息。所有草木树叶纹丝不动；已经开繁了的紫薇花，在酷暑的重压下，被炽热的光刀刻成了雕像。关上窗子，室外的蝉声被隔离掉了；打开空调，房内的温度被慢慢降下来了。忽然，一切变得安静起来，如果立马闭上眼睛，仿佛会有深山打坐的感觉。

伫立书架前，想选择一本书来读读。但面对五彩斑斓、琳琅满目的书脊，不知从哪册下手。注视那排传记，已翻阅一或两遍的不在少数。抽出熟悉的《毛泽东自传》，准备读了又读。打开音箱，放张题为《山居岁月》的唱片，继续盛夏里一天的时光。

空调口，风在凉悠悠地吹；音箱里，歌在慢悠悠地唱；手下面，书在静悠悠地翻。忘记室外的炎热酷暑，此刻一切都好。不经意间，还是又听到了几声，挤进屋来的蝉鸣声。

2022 年 7 月 25 日下午于慈竹苑

心儿在高原

今年夏季入伏后，天大热。只希望到一个凉快的地方去避暑。于是，也没有多想，朝着川西高原的甘孜州，来了一次真正意义上的说走就走的旅行。

上午九点，从广安开车出发，踏上漫漫旅途。先后辗转两条高速公路，行程五百九十公里，用时七个钟头，下午四时，顺利到达甘孜州首府——康定。

康定，川西第一城，古称打箭炉，在漫长的千年历史中，是内地去藏区最后的关隘。入住宾馆后，时间尚早，便上街溜达去了。康定海拔两千三百米，并不是很高，但和风习习。从四十摄氏度的酷暑之城来到这气温二十摄氏度的清凉之地，很是惬意。这是一座既具典型藏族文化，又不缺现代意味的小城。东西两座高山将其夹住，一条从山里流出来、奔腾湍急的折多河穿城而过。河的两岸，开满了海棠和格桑花，在河湾处的岩石上，刻画着几幅唐卡，四周围绕一圈圈迎风飘扬的经幡。夕阳偏西，正要落到山的后面去，晚霞照在街头寺庙的金顶，反射出道道光芒。

第二天，准备到德格县。昨天晚上通过网络搜索，基本了解了德格的简况，主要是闻名中外的德格印经院吸引了我。在去德格的路上，翻越海拔四千三百米的亚拉山口时停下来。眼前是辽阔的塔公草原，正是花季，举目望去是茫茫花海，掩映了群群行走的牛羊和骏马。仿佛听得见花开的声音，月光落地的声音，以及风跑的脚步声。相传这里是菩萨欢喜的地方，远处云雾缭绕亚拉雪山，若隐若现。立足高岩，放眼天地，想起英国诗人彭斯的诗句来：

> 我的心儿在高原
> 追逐着小鹿
> 追逐着野鹿
> 跟踪着獐儿
> 我的心儿在高原
> 不管我上哪儿

康定至德格差不多有六百公里，由于路程远，便决定中途在甘孜县城甘孜镇住一宿。

翌日晨，用过早餐后就赶路。这里是国道317线，是内地通往西藏的又一条高原风光之路，藏地文化之路。另外一条，便是大名鼎鼎的国道318线了。现在流行一句口号，叫作"此生必驾318"。其实，从才走过的这段路来看，应该添加一句"此生还驾 317"。正在途经的两旁，被赞誉为"百里青稞画廊"。风吹麦浪，格桑花香，汽车奔驰在草地和山谷之间，座座漂亮的藏寨闪过，不时还有金碧辉煌的喇嘛庙徐徐远去。午后，到了海拔四千五百八十米的雀儿山隧道口，下车向前方的雪峰走去。有点气喘，力不从心，挪了几步便停住了。雀儿山顶被云雾遮蔽，有冰川朝着脚边的海子倒映过来。一朵雪莲，在风中微微摆动；一只苍鹰，在天空扶摇直上。

下午三点，到了德格县更庆镇。迫不及待地步入德格印经院，立刻被所闻所见震撼。印经院全名叫"西藏文化宝藏德格印经院大法库吉祥多门"，始建于清雍正年间，距今已有二百九十多年的历史。院里存有《甘珠尔》等藏传佛教经典多部，完整保存二十万余块印版。目前，整个藏区，甚至尼泊尔、印度以及东南亚许多地方，所用经卷均出自于此。

第四天，先去了与西藏仅一江之隔的岗托村。从岗托往上走，来到了雨托村，这是一个刚刚从高山上搬下来，新建的美丽寨子。雨托，藏语是长绿松石的地方。没有看见绿松石，却踏上了村口国道 317 线进藏的第一桥。站在桥上，金沙江奔流向东，挺立风中，感觉到近在咫尺的西藏和远在天边的喜马拉雅山的心跳。

第五天起个大早，直奔目的地格萨尔王故里——阿须草原而去。半路碰巧遇上了一场藏民盛大的"耍坝子"。所谓"耍坝子"，是在藏区每当夏季，几个寨子的村民们相约草原，举行类似节日的狂欢。今天是活动的最后一天，此时正是高潮——表演藏戏。只听鼓乐声起，几队穿着花哨、戴着傩面的人马，演绎着战争、胜利和丰收的场景，从草坝的不同方向，朝坝中高耸的经柱冲去。

离开热闹的坝子，晌午时分到了雅砻江畔，阿须草原上的格萨尔王故里。格萨尔王，是十一世纪藏地雄狮岭国的君主，也是伟大史诗《格萨尔王》里降妖伏魔的菩萨。在纪念馆后，有一块蛙状巨石，相传母亲梅朵就在这石头上生下了小觉如格萨尔王。参观完馆里展示的内容，我对格萨尔王有了更深的了解。站在广场上骑马的格萨尔王青铜塑像前，听着旁边雅砻江的涛声，一种别样的英雄情怀油然而生。

因为明天去色达的路更远，便又赶往甘孜县甘孜镇住宿。

这是第六天的日出时分。来到城外的雅砻江边。对岸的卓达雪山，俯瞰还披着睡衣的小城，一往情深地注视着它慢慢醒来。眼前的静静流水，温柔地环抱着雄伟的格萨尔王城，用优美的颂歌传诵着英雄的史诗。一群鹤鸟飞过，此处顿成仙境。

迎着朝晖，奔向神往已久的色达。色达，藏语意为金色之马。这里是金马驰骋之地，也是众僧参禅觉悟之地。喇荣寺的五明佛学院，声名远播；千万间修行的红房子，飞霞流丹；这里是众多流浪灵魂安居的肃穆寓所。攀上高岗，放眼望去，当看到朱屋顶上飞起来无数的鹭鹰时，立即有种强烈震撼的感觉。

因为色达海拔太高，常人不宜过夜。于是，跑马观览后，速达速离，匆匆折返抵达了炉霍县新都镇。此时，已是万家灯火，街巷通明。晚饭后，去霍尔广场欣赏锅庄舞。跳锅庄，是藏民族典型的艺术标志。在川西高原，康巴汉子的血性，卓玛姑娘的美丽，在激情飞扬的锅庄舞蹈里表现得淋漓尽致。

一觉醒来，东方既白。步行再到霍尔广场，完整地看到了广场上的全部景观。尤其广场中心的霍尔王骑虎塑像，特别生动，充分展示了王者的英武。太阳还未升上东山，月亮挂在霍尔王骑的虎头，一只鸟立在霍尔王的王冠上。此情此景，让人在清凉的晨风中，禁不住惊心动魄。

现在是到甘孜州第八天的上午九点，正驱车离开康定。过了二道桥，即将驶上雅康高速。车窗外是绵延起伏的群山，葱绿的杨树枝挥舞着，像是在道别。这次云游川西高原，收获了友谊，饱览了美景，触动了灵感，迸发了诗兴。不由得轻轻默诵起昨晚写就的《心儿在高原》组诗收官之作《美呵　请停一停》：

……

面对如此美景

我已目瞪口呆

哑口无言

没有妙若天籁的

梵音　也没有扬宇垂宙的

钟声　我只能振臂高呼

美呵　请停一停

2022 年 7 月 27 日凌晨 1:30 于慈竹苑

洪水猛兽

洪水猛兽一词，在过去任何时代，都是一个表示凶猛的词语。而到了如今，特别是到了眼下，这被称为未来一百年最冷的夏天之际，洪水猛兽一词已经逐渐向好向善起来。

公元二〇二二年夏秋，据新闻报道，是人类有气象记录以来，这个星球最酷热的夏秋。众多区域温度大大超过从前；不少地方气温达到五十摄氏度，地表温度攀上七十摄氏度，连北极圈居然也跨过三十摄氏度。难怪人们惊呼，天气热疯了，地球热疯了。

然而，人类身处如此环境，仅仅是天疯了，地疯了吗？是谁让天地疯狂？也许，该问问人类自己。

从创世纪开天辟地伊始，千百万年滔滔江河孕育了地球这个宇宙上唯一有生命的星球。在九州大地，是上善之水孕育了华夏子孙。大禹治水以后，龙的传人历经五千春秋，创造了伟大文明。

这一切，要感谢滋养生命的水所赐。如果没有水，这个星球，这个世界，这个小小的人类，只能乌有。但今天，因为气候变暖，冰川在融化，雪山在消失，嘉陵在干涸，作为生命源泉的水，在迅速而不可再得地蒸发。

由此，自然而然地，想起"洪水猛兽"这个表示凶猛的词来。洪水，虽然姓洪，但它是水，是生命的源头；猛兽，虽然姓猛，但它是兽，是生命。源头里的生命，那是伟大的开端呵！没有洪水猛兽，哪来被莎士比亚赞美为"万物的精华，宇宙的灵长"的人类？

现在却是，冰消雪融海枯，空气在愤怒地燃烧。当这个世界最后一滴水干掉，所有石头烂掉，唯一的生机灭掉，那将是一个怎样寂绝的地球、银河、宇宙呵，那将是一个连恐惧都失去了的恐惧的虚空。

一个充满洪水猛兽的世界，绝对比一个连恐惧都失去了的虚空要美好得多。我无权向别人呼吁什么，但我要用洪水猛兽般的力量和爱，去不断地唤醒自己的良知，去告诉慈竹苑里的斑鸠：

千万珍惜这个世界吧！

2022 年 8 月 21 日上午于慈竹苑 39℃阳台上

喜雨记

昨晚，宾州大地迎来了大旱之后入秋以降的第二场雨。这雨是喜雨，是及时雨，是比春雨更珍贵的雨。因为，它是在人们愁绪繁生之时落下的，是在万分期盼中落下的，它是在除此之外而无任何东西能够解渴的金不换。

听着雨声，兴奋之至，一夜未眠。天降甘霖于极旱，解困万物于极难，度化众生于极境，令人喜极而泣。由秋夜之雨，自然联想起那首著名的唐诗《夜雨寄北》，李义山的怀想抒发了秋雨给人们带来的千古情愫。

一大早，我登上平安公园高处。雨，淅沥下着，山坡的草树由枯转茂，由黄返青。熬过一月火烧日的雏菊，在雨中昂首绽放，照亮树荫，引来两只画眉穿行嬉戏。前些天所见凋零的紫薇，居然又随着雨水瞬间翻红，重新焕发出梦幻般的光彩。几棵银杏，满枝头的蝴蝶叶，正日退翠色，等待霜降，将一夜披金。一只竹鸡亲鸟，带着两只雏鸟大胆地钻出竹林，在石楠丛中寻找啄食虫子，不时欢歌一曲，让人悦耳赏心。

雨，下大了。回到家里，翻出《古文观止》苏东坡的名篇《喜雨亭记》，端坐窗前，对雨诵读：

"亭以雨名，志喜也。古者有喜，则以名物，示不忘也。"

"丁卯大雨，三日乃止。官吏相与庆于庭，商贾相与歌于市，农夫相与忭于野。忧者以喜，病者以愈，而吾亭适成。"

诵毕，听着雨打慈竹，静默下来。院子里的樱树、桃树、梅树和黄果兰树，棵棵树叶稀疏，渐渐泛黄，唯有紫叶李树，居然开出花来，让人恍若置身春境。雨声压住了慈竹苑斑鸠的鸣叫，雨声的后面还是雨声。

合上书本，从苏东坡的喜雨亭中走出来，伫立于自己的斯楼，天地间文脉贯通，忽至的喜雨令人喜出望外，喜形于色。禁不住舞文弄墨，不敢望苏大学士项背，只能略书几行，冒昧聊之，以寄心悟。

是为记。

2022 年 9 月 20 日上午雨时于慈竹苑

哲学家

　　只要爱智慧，就有可能成为哲学家。慈竹苑的斑鸠，整天咕咕诉说个不停，好像一直在将自己的思考，通过絮语阐释为道理，并经过智慧加工，最终上升为哲理。因此，慈竹苑的斑鸠是哲学家。

　　每天清晨，在平安公园散步时，都会遇见小广场上一群跳运动操的大爷大妈。他们比慈竹苑的斑鸠起得早，比慈竹苑的斑鸠跳得欢，比慈竹苑的斑鸠讨论得热烈。注意听了一下，他们很多时候边跳边围绕着"生、老、病、死"等几个关键词众说纷纭，莫衷一是。偶尔也议论议论"爱不得、恨离别"这样的话题，把人生的"六苦"凑齐。又因此，平安公园跳操的大爷大妈，也是哲学家。

　　刚刚读完本年度诺贝尔文学奖得主——法国八十二岁的女作家安妮·埃尔诺老太太的大作，无人称自传《悠悠岁月》。感觉全书从头至尾，每个段落，每个场景，每个细节，不仅仅生动周详地记录了跨度两个世纪、时间几十年的历史，而且通篇的字里行间都流露出哲学的味道。与其说它是一部自传体小说，我更愿意把它当作一本纪实性的历史哲学书来读。突然记起，诺贝尔文学奖曾经也颁发给过哲学家，如柏格森、罗素。另外，《悠悠岁月》书里记下了几十年来几十个重要的瞬间，记下了几十年来法国及世界几十位重要的人物。我认为，安妮·埃尔诺不单是小说家，还是哲学家。

古往今来，人类历史上诞生了许多伟大、杰出和著名的哲学家。我们中国有自己的老子、孔子、庄子、孟子等诸子；外国则有苏格拉底、柏拉图、亚里士多德等诸君；从这些耆宿们以降，人类哲学思想的天空，星光璀璨，灿烂辉煌。

除了以上这些伟大、杰出和著名的哲学家们，其实，生活中也不断地涌现着颇有哲学家风度的哲学人。比如，现在手机上，时时刻刻都在被推送的，那些炮制"心灵鸡汤"的高手，我以为这些人就是哲学家。因为，他们生产的鸡汤，不管补不补人，都是浸润的汤，只是我们要花费点精力，分辨一下好坏罢了。

写到此，有朋友来邀，去君临阁喝茶。于是，便匆匆收手，随他去也。让慈竹苑那群小小斑鸠哲学家们，继续咕咕地叫吧。

2022 年 11 月 15 日下午于慈竹苑

雁南飞

一九七九年，我正上大学一年级的那一年，有部电影叫《归心似箭》，由斯琴高娃和赵尔康主演，讲的是革命战争时期，一个革命者和一个山村妇女的故事。这部电影早已湮没于海量的影视作品之中，但其中的插曲《雁南飞》，却流传至今。每当那优美的旋律响起，听众——特别是五六十年代生人的听众，便有一种十分缅怀的情绪油然而生。

是呵，当晚秋之季，望着天高云淡，大雁南飞，总是给人带来无穷的回忆。满坡摇曳的蒹葭，花飘似雪；静若碧镜的池塘，一汪深情；无限温暖的紫阳，柔美如手。无限事物，像一首岁月长歌，激荡着不老的青春。笔者是这群体中的一分子，每每看到眼前的景况，就会禁不住地想起从前。

鲁迅先生笔下的阿Q，讲从前阔。而我的从前穷，但美，穷美。那时，老家武胜一江四河七十二条小溪，从头到尾，清澈见底，水秀得令人渴望融入其中；老家武胜众多起伏绵延的岗岭，林木苍翠，葱茏毓秀，山青得让人向往，愿意立马化鸟归巢。夏天暑假，三十多个傍晚，都在嘉陵江里、长滩寺河中畅游，沐浴晚霞；一个多月的早晨，都在唐家大山、雷家梁子露营的青石上，送走星月，迎来朝阳。冬天寒假，听风观雨，踏霜舞雪，与松竹梅岁寒三友为邻，在腊肉香里守岁，在爆竹声中接春。我的童年，是穿越蜻蜓、蝉子、蝈蝈、蛐蛐、蝴蝶和鸟儿们的世界过来的。虽然没有元宇宙和手机，但却拥有真实的冷暖、饱饿、甘苦、悲欣和游戏。

如今，我们这里的白天，除了家养的鸽子和麻雀以及斑鸠，很少看到南飞的大雁。只有夜半三更，偶尔会听到空中三两声雁鸣。因此，自己尤其喜欢《雁南飞》这首曲子，每当万籁俱寂的时候，通过耳机，不断循环欣赏这美妙的音乐。

2022 年 11 月 19 日下午于慈竹苑

念故乡

　　去年冬月，回武胜沿口镇孝敬侍母。今又冬月，昨日午后，再次回来陪伴母亲大人。

　　武胜、定远、汉初，上溯千年，至南齐时代，一个将来影响深远的县邑，诞生了。千余年之后，一位芥子乡民的我，出生了。从此，老家武胜的胎记，深深印在自己的心灵。无论走到哪里，武胜二字，常挂口中，念兹在兹。

　　我籍属礼安，生于胜利，长于中滩，四年域外求学。大学毕业回到沿口镇工作十九年后，一纸调令离开武胜，于是，对家乡浓浓的思念和由此唤起的乡愁连绵不绝。

　　念故乡的念想，一方面是抽象的。谁也无法将自己的念想，用论文或用公文，一五一十条理清晰地写出来。另一方面又是形象的。且不道古今中外，多少英雄豪杰、骚人墨客，念故乡的那无限辽阔的深情；只说两位自己印象深刻的中外诗人和音乐家，他们作品中对故乡的情愫，就会令所有读者和听众顿首动容。初唐宋之问《渡汉江》诗中一句"近乡情更怯，不敢问来人"，窃以为会让无数读者被念乡之意击倒；十九世纪捷克作曲家德沃夏克《自新大陆》交响乐中一段《念故乡》，会让无数听众被思乡之情淹没。还有咱们中国现代的马思聪，那首《思乡曲》，让多少人泪湿衣襟；更有唐朝崔颢那首被称为唐律第一的《黄鹤楼》，其中的一句"日暮乡关何处是？烟波江上使人愁"，让多少人瞬间破防崩溃。

即日清晨，给母亲请过早安后，出门登上城中的叶家山公园。站在凌云阁，凭栏眺望，熟悉的是天际，陌生的是眼前。熟悉的，只有身旁的广播电视六二九台，陌生的，是那鳞次栉比的高楼大厦；熟悉的，只有山下自己的母校武胜中学，陌生的，是那母校旧址上新的校园。听不见的是那清脆的钟声，充耳闻的是喧嚣的电铃。一只白鹭飞过，带走逐渐淡化的红云，想必是去那山水俊秀、风月无边的佳处吧。

走进街道，在一家餐馆，要的面条上桌时，拍了张照，发了个朋友圈，添了句话："回沿口，从一碗麻哥面加猪肝开始。"

2022 年 11 月 28 日下午于沿口老家

岁月的温泉

——回忆三部曲

思念如滚滚渠江水
绵延不已从未停歇

——写在邓小平同志一百二十周年诞辰

　　公元一九〇四年八月二十二日，清水塘玉荷映日，翰林院铁树花开，一个孩子诞生在川东广安县协兴场牌坊村竹篁幽堂的三合院里。从此，一个朴实而伟大的名字，开始响彻世界。

　　而此时，是公元二〇二四年六月六日上午，栀子馨香沁润初夏季，茉莉素心缠绵慈竹苑。再过七十七天，又是一年一度的八月二十二日，又是伟人的生日。伟人的名字很朴实，朴实的名字却很伟大，这朴实而伟大的名字，就是邓小平。

　　很快，就是小平同志诞辰一百二十周年了。一个人的生命，改变了一个国家的命运，影响了一个世界的历史。在这特别的时间节点，回首过往，我对他，思念如渠江之水绵延不已，从未停歇。

二十三年前的二〇〇一年二月，我从武胜县到广安市委宣传部任副部长，履新不久，就参与到邓小平诞生一百周年纪念活动的筹备工作中。随后，即到广安日报社任党组书记、总编辑。接着参与组建广安市文联和作协，并兼任首届市作协主席。在此期间，宣传邓小平家乡巨变和歌颂邓小平丰功伟绩，是我重要的职责。我先后参与策划和宣传了"致富思源、共建广安"和"我为小平家乡植棵树"的活动；接待了为撰写《邓小平时代》一书两次来广安的傅高义；联系了梁衡、何开四等为广安创作以讴歌邓小平为主题的文赋的著名作家；发起组织了"二十世纪中国三大伟人孙中山、毛泽东、邓小平故里（中山、韶山、广安）宣传同盟"。

二〇〇七年初，我从广安市政府副秘书长岗位上，再次转任市委宣传部首任常务副部长，并兼任了市委外宣办主任、市文联主席、市作协主席和首任市委网管办主任、首任市政府新闻办主任及第一位新闻发言人，一直到二〇一二年夏，自己主动辞去常务副部长等相关职务。在这段时间里，除了认真履行各种职务职责外，许多的时间都放在了学习邓小平、宣传邓小平的相关工作上。诸如参与组建邓小平研究中心，完善邓小平纪念馆建设，到深圳、广州等地举办邓小平生平大型图片展。为把邓小平图书馆建设成国内外最齐备的邓小平图书及影像资料中心，自己还远道去过卡特图书馆收集资料。

从诸多领导岗位退下来后，自己只保留了市文联主席的头衔。因此，打那以后，我的主要精力基本上都放在了颂扬邓小平的事情上。那时，全国及省、市相关部门，根据有关规定，已经开始为纪念邓小平诞生一百一十周年做相关准备了。为了充实完善邓小平纪念馆的展存，遵照指示，我和相关同志两次进京给中国文联和全国美协的主要领导汇报，争取到了他们的支持，组织三十多位国内著名画家，以描绘邓小平生平事迹为主题到广安采风。为让画家们更生动更准确地反映主题，自己和艺术家一起给每幅即将创作的作品都撰写了一页必须表现的基本内容供参考。通过一年的创作，完成了一百一十幅高质量的油画和水墨画，收藏于邓小平纪念馆，轮番展出。为了生动地宣传小平同志富于传奇的一生，协助《广安日报》和广安电视台，在全国相关省区市开展了"追寻邓小平足迹"大型采风活动。为了展示广安独具魅力的江河山川，介绍孕育和涵养伟人的历史环境和文化，由我担任总顾问，市文联和广安日报社联合举办了以渠江、嘉陵江为主题的大型采风活动，历时四年多，圆满结束了采编任务，出版了《两江行——渠江卷 嘉陵江卷》。二〇一四年八月二十一日，小平同志诞生一百一十周年的头天下午，由中国文联主办的、全中国著名的一百三十多位艺术家参加的，大型文艺演出《高山仰止》在思源广场隆重上演。这是一次集中的向小平同志表达敬仰的活动，作为策划人之一和舞台监督，我深感荣幸。为了向更多的人传递邓小平伟大的人格力量，二〇一九年夏，中国国家图书馆派出录制组到广安，专门录制了题为《邓小平的人格魅力》的电视和网络视频讲座，还挂在国家图书馆的官网上，供读者参阅。为了让世人更全面地了解广安和广安的邓氏家族，由我担任编审，组织相关人员相继编写出版了《小平故里——广安一百问》和《广安邓氏文史》，给读者提供了一本关于广安和广安邓氏的小百科全书。

一直以来，用歌曲歌颂小平同志是很普遍的艺术形式。市委宣传部多次主办征歌赛，歌唱小平同志的歌曲成百上千。但一直以来，却没有一部大型的作品出现。二〇一七年春，我与广安市音协主席张宗科合作，创作了大型交响组歌《春天颂歌》，邀请当今全国著名作曲家敖昌群教授作艺术指导，于二〇二一年六月，由四川音乐学院交响乐团和合唱团，在广安圆满地举行了首演。去年，又在浙江湖州进行了公演。这是目前国内唯一的，以邓小平生平为题材的大型音乐作品。在小平同志一百二十周年诞辰之际，我衷心地希望《春天颂歌》唱响神州大地。在前不久拍摄完毕的电视视频《賨州六记》之《广安记》中，我写了这样一句话："中国因邓小平而骄傲，广安因邓小平而光荣"。二十多年来，作为小平故里人，我把心血和精力，献给伟大的小平同志，自己也感到自豪。

从上午写到现在，已近傍晚。初夏的斜阳静静地照过来，窗外是鸟儿唱不完的歌声，笔下是自己写不完的故事。随着一缕徐徐而来的栀子花香，又想起一件往事。

那是小平同志一百零五周年诞辰的前夕，小平家人回家乡参加活动，一天晚饭后，我陪邓榕大姐参观邓小平陈列馆。因为是晚上，展室里就几个人，十分安静。大姐轻轻地走着，不时驻足观看，继而沉思。参观完陈列馆，出来到纪念园的银杏树下，明月当空，如水的清辉照着荷塘，照着故居，照着老井，照着铜像，照着邓榕大姐，也照着我们几位陪伴的人。第二天，在纪念座谈会上，听着邓榕大姐题为《思念从未停下》的发言，我和坐在会议厅里的不少人忍不住热泪盈眶。

牌坊村里有联曰：翻身不忘毛主席，致富更思邓小平。是呵，谁能够忘记？谁不更加思念？高山仰止，景行行止。在伟大的邓小平诞生一百二十周年之际，我要继续呼喊：小平，您好！对您的思念，如渠江之水，绵延不已，从未停歇。

2024 年 6 月 6 日傍晚于慈竹苑

鲜花流年

——我与广安市文联十六年春秋极简史

一、二〇〇一年春，参与策划成立广安市文学艺术界联合会。

二、二〇〇二年春，参与筹备广安市第一次文代会、作代会。市级各文艺家协会归口市文联领导管理。夏，参加广安市第一次文学艺术界联合会、作家协会代表大会。当选广安市首届作协主席团主席。季刊《广安文艺》创刊。

三、二〇〇七年春，主持筹备广安市第二次文代会、作代会。夏，文代会、作代会上，当选广安市第二届文联主席、第二届作协主席。至此，广安市文联计有作协、书协、美协、摄协、视协、音乐舞蹈协会、诗词协会七个专业协会。中共广安市委宣传部要求各区、市、县成立文联组织，广安市编办出文，明确各区、市、县文联的机构、级别和人员编制。一年内，五个区、市、县全部完成文联组织构建。秋，岳池县被中国曲艺家协会授予西部第一个"中国曲艺之乡"称号。冬，广安市人民政府设置"广安市文艺奖"，由市文联承办。

四、二〇〇八年春，建成四川省书协岳池篆刻基地。秋，第一届"广安市文艺奖"颁奖。

五、二〇〇九年夏，中国曲协首届"岳池杯"曲艺展演及论坛在岳池县城开幕，来自全国各省区市三十多支演出队伍参加演出。

六、二〇一〇年夏，举办首届"广安红色文化节"。广安市剧协、曲协、宕渠书画院和国学会相继成立。

七、二〇一一年夏，第一个企业文联——广安火电厂文联成立。在思源广场建成"百姓大舞台　思源艺术角"。

八、二〇一二年，中共广安市委、市政府同意市文联报告：1.同意增加文联机关编制和内设部室；2.同意设置广安市创作办公室；3.同意解决市文联机关办公场地；4.同意设置广安市文化产业资金、广安市文艺创作资金（各五百万，计一千万）。

九、二〇一三年夏，主持召开广安市第三次文代会、作代会，当选第三届市文联主席，被聘为第三届市作协名誉主席。同时，评选表彰十位广安市首届德艺双馨文艺工作者。与广安日报社联合举办《川东周末》文艺奖活动。冬，前锋区成立区文联。

十、二〇一四年，宕渠书画院、华蓥山文学院、四川省书协刻字基地先后落成、使用。和《广安日报》联合启动"渠江、嘉陵江　两江行"大型采风活动。大型川剧《杨汉秀》等三件文艺作品荣获四川省第十二届"五个一工程"奖，同时荣获组织奖。完成中国文联和广安市委、市政府安排的"邓小平诞生一百一十周年系列活动"任务。

十一、二〇一五年，广安市朗诵艺术家协会、市诗歌协会并广安职业技术学院文联成立。与广职院开始共同筹建"紫金书院"。与市委宣传部联办"音舞剧"双年会和"书画影"双年展。

十二、二〇一六年夏，"川东北艺术中心"落成。《广安文艺》由季刊改双月刊。

十三、二〇一七年，发起"广安、南充、遂宁、绵阳、德阳、内江、自贡、广元"八市书画联展。

十四、二〇一八年，承办四川省文艺界"纪念改革开放四十年"大型系列活动。国家级广安经开区文联成立。

十五、二〇一九年，总结工作并筹备广安市第四届文代会、作代会。广安市有市级协会组织14个，行业文联3个，区、市、县文联6个。有国家级文艺协会会员80人，省级515人，市级1963人。

十六、二〇二〇年一月十五日，新春将至，主持广安市第四次文代会、作代会。会议结束，光荣退休。

2024 年 7 月 28 日下午于慈竹苑

四十三点五摄氏度

公元二〇二四年九月四日，甲辰八月初二，这是一个绝对不像秋天的秋天。天气酷热，温度蹿升到了四十摄氏度以上。

上午，去武胜探望母亲。午饭后，返回广安的路上太阳当空，收完稻子的田间，禾桩已枯干可烧，未全熟的豆子被晒成串串铁粒，原野上一片焦褐。路边的杨树、槐树、桉树、柏树和偶尔几棵银杏树，多半黄叶干枝，银杏更是变银成金了。如火的阳光烘烤着一切，平常可见的燕子、斑鸠、画眉和乌鸫鸟，了无踪影，连麻雀也无处可寻。大地寂静，只听得见疾驶的车窗外，热风如烈焰呼啸而过的声音。

到广安时，天上的云朵火一样地飘扬，空气中弥漫着东西烧焦的味道。实在难耐，于是驱车前往华蓥山。

车过渠江黄麻渡大桥时，瞟一眼车载温度计，眼睛像被海椒辣了似的，表上赫然显示着四十三点五摄氏度。侧目桥下，渠江映着阳光，热浪滚滚，感觉即将沸腾起来。

看到四十三点五摄氏度这个数字，瞬间让我回想起二〇〇六年九月二日，那个整整一十八年前的日子。当年八月二十五日，上级通知我，由华蓥市委转调广安市政府工作。在离开头天，又接到了国家旅游局通知，将于八月二十八日至九月四日，对华蓥市创建中国优秀旅游城市进行总检验收。作为"创优"的直接负责人，组织要求我把这次验收搞完后再回广安上班。

二〇〇四年三月初某日，中共广安市委时任书记找我谈话，告知说，为了加快推进把华蓥市创建成中国优秀旅游城市，市委决定派我到华蓥市委工作，主要负责"创优"，力争用三年时间完成任务。三月中旬某天，我去了华蓥。

到二〇〇六年八月，历时两年半，华蓥市"创优"一事正式接受国家级验收。验收组八月二十八日莅临华蓥，按验收评分标准对"创优"的每项工作认真严格地进行了检查核实。一周的检查结束后，九月三日，召开验收总评会，会上国检组长代表验收组和国家旅游局庄重宣布，"四川省华蓥市通过创建中国优秀旅游城市国家级验收"，组长洪亮的声音和与会者热烈的掌声汇集一起，在我听来，那是阵阵庆功的礼炮声。

回忆在华蓥，虽然时间只有两年半，但其中的阅历和作为，自己弥久不忘。诸如教育体制的改革，文化事业的发展，农村医保的确立，交通优化的推进，招商工作的优化，特别是围绕旅游业发展的城市建设，自己提出了"建不了大的，就只建美的"的建设思路，和"像写诗一样"的建设理念。两年半的时间，更多用在了"创优"上，这既是组织交给我的任务，也是自己全心紧系的念想。完成了曾经的中国十大考古发现之安丙家族墓馆式保护项目；建起了十年后被评为"广安市十大文化地标"之一的"华蓥山游击队群雕"；竖立了如今作为华蓥山红色象征的"双枪老太婆"塑像；在挂牌国家地质公园的同时，落成了"地质博物馆、三线建设纪念馆、华蓥山游击队纪念馆"三体合一馆。尤其值得一提的是，二〇〇四年冬，为石林景区内新建好的"华蓥山游击队雕塑纪念墙"举办的揭幕式。仪式那天，华蓥山上温度是零下六度，冰谷入画，雪松入诗。在严寒之中，我们迎来了时任省委书记和省长。两位领导冒凛冬之彻骨，迎三九之清冷，专程从成都登上华蓥山，为纪念墙揭幕。（后来得知，这是川内时任省委书记、省长，第一次、也是迄今唯一一次，两位领导同时出席一个县的仪式。）当领导们徐徐揭开鲜艳的绸子，栩栩如生的英雄群像，呈现在所有与会者和观众面前。霎时，《红梅赞》歌声响起，杜鹃丽花盛开，看万山红遍，层林尽染。从此，华蓥山游击队遗址被列入了全国十二个重点红色旅游区、三十条红色旅游精品线、一百个红色旅游经典景区。

时间转到二〇二四年九月四日下午五点，汽车正经过渠江黄麻渡大桥，再行两公里就是油榨沟，再行十公里就是华蓥市治所在地——双河镇。此时此刻，车载温度计正显示当前温度四十三点五摄氏度。

四十三点五摄氏度呵，十八年前的九月二日下午，就在十里外的双河镇，华蓥市创建中国优秀旅游城市国家级检查验收即将顺利结束。而当时双河镇室外温度正是四十三点五摄氏度。这个数字，破了四川省近百年来的气象史纪录。第二天，九月三日下午，在验收会上，国检组宣布华蓥市创建国家优秀旅游城市成功。第三天，九月四日清晨，一辆小车载着我离开双河镇，驶向广安。车过黄麻渡大桥时，回首望去，一轮红日从晶然山顶冲天而出，朝晖普照群峰，透过车窗玻璃照在我的身上。随车奔驰，浮想联翩。两年半来，衷心感谢一路同行的所有朋友们，特别是赵兄弟、杨兄弟、胡兄弟等兄弟们，何妹妹、黄妹妹、杨妹妹等姐妹们。

从深深沉浸的回忆中缓过神来，望着华蓥城边高速路口中国优秀旅游城市标志——马踏飞燕雕塑，生出无限眷恋。马踏飞燕退向车后，越来越远；华蓥山就在眼前，越来越近。已是黄昏，晚霞从高登峰洒下来，铺满大地。中秋时节，四季之美，在万物丰收中，美无再美。一阵凉风穿窗而入，一种清爽欣然而生。不禁加大油门，像一只归巢的斑鸠朝着娥凤岭那弯新月奔去。

2024 年 9 月 5 日下午急就于华蓥山石林

第三章

杂序篇

《唐天谷画集》序

一个星期天的早晨，春雨细下。

唐老天谷先生带着他的国画照片册，光临敝舍。老先生就山水画的诸多精要赐教不少于我，边听边悟，如沐春风。

我与老先生相识数载，不时有对美术的交流。每每听后，受益匪浅。特别是拜读其历年所绘大作后，更是震动。先生今年七十有一，从染墨之初到现在手不停笔，对艺术追求之精神，令我震动。先生所绘，时有佳品产生。这些佳品创作的环境之粗陋，令我震动。先生对艺术真谛的领悟，随着年事的增高，不但没有钝化，反而越来越敏锐，令我震动。

震动之余，有所思。

思其一：要进入艺术创作的至境需执着。思其二：要绘出山水间的心灵之画，需要排除一切世俗中的浮躁。思其三：要到达一个又一个的峰顶，一次又一次地超越自己，需不断攀登，不断琢磨，不断升华。

　　以上数语，权当对老先生的祝愿。祝愿他艺术创作常新，生命之树常绿。这些话也作为此画册印发之前记。

2001 年 4 月 28 日于广安

三人行，有朋友

——《三人行》序

得知三位朋友要出一本诗合集，甚感欣慰和高兴。他们和我一样，都是喝嘉陵江水长大的，在风景秀丽的嘉陵江边，大家常常一起品茗谈文，饮酒论诗。

二十世纪八十年代末，我还在共青团武胜县委书记任上，因为工作关系认识了在县防疫站当团干部的李胜军，那个时候基本上没想过李胜军会写诗。直到有一天，胜军带了一位瘦瘦的青年来到我的办公室，介绍是在中心供销社工作的冯林，喜欢写诗，且是他的诗友，我才吃惊。原来这位性格粗犷、豪爽、耿直，绰号"实娃"的胜军老弟，居然也有风雅的一面，尤其是还写诗，真没想到。

个人从小对文学有兴趣，大学也上的中文系，工作后在业余时间也常附庸风雅，舞文弄墨，对有相同爱好的青年自然就一见如故，十分亲近，所谓"惺惺惜惺惺"。在与冯林、胜军相谈甚欢的诗歌闲聊中，得知武胜还有周苍林等一大帮热爱缪斯的青年，正以自己独特的视角、敏锐的感受，饱蘸诗情与画意，无所畏惧、勇往直前地闯荡中国诗坛，并将自己的满腔热情，融入八十年代中国诗歌大潮的滚滚洪流之中。他们先后成立了"涟漪""旷野风"等民间诗歌社团，自费出版了自己的诗歌报刊，八十年代中国朦胧派诗歌的代表人物顾城甚至也向他们的报刊寄去了诗作，以示鼓励和支持。

有感于他们的热血精神，我想为他们做点事。某年的端午节，我组织策划了全县第一届"共青杯"端午赛诗会，目的在于以此为载体，鼓动起他们的创作热情，推动全县文学创作的进步和繁荣。

认识周苍林最先是从他的作品开始的，在二十世纪八九十年代，他是川东北一带非常活跃的一位青年诗人，有作品在《飞天》《星星》等刊物上发表。对他的成长我始终关注和鼓励着。我读胜军的诗歌较少一些，原因是后来他把注意力转移到其他焦点上去了。这次集中读他的诗，我感到很意外，对他也因此刮目相看。总的印象是，胜军擅长写抒情诗和哲理诗，诗中有不少启人心智的警言妙语耐人寻味。冯林的诗歌我也喜欢读，他传统的诗风很合我的口味，许多作品节奏感强、诗意浓郁、内涵丰富，彰显出他敏锐的观察和思考、语言的准确与把握，尤其是概括力较为出色，短诗想象奇特，精美隽永。

　　总而言之，三位共出一本合集，是值得鼓励和庆贺的一件大好事。在当今社会出书难、出书贵的状况下，以这种方式出书，不失为一种经济的选择。

　　子曰：三人行，必有我师焉。三位诗人的作品有值得学习和借鉴的地方，希望读者朋友们抱着"温饱以后，守住斯文"的态度来读这本书，如果碰巧你也喜欢写作的话，推荐读读这本诗集。

2011 年 10 月 10 日

舞台后面的激情

——为张云同志新编文集作序

老朋友张云，新近把自己编导演出的舞台文案结集出版，嘱我作序。

十多年来，张云同志为广安的文艺工作贡献不少。尤其是在组织各种大型主题文艺晚会时，他潜心撰写出很有文采的舞台串词，精心编导出很有看点的歌舞节目，尽心组织出很有气势的重大活动，在这一过程中，我与他一起合作，深切感受到一个纯粹的文艺工作者炽热的创作激情。

集子中收集的文案，我都熟读过，部分方案我还参与了构思、策划和修改。所以，重读这些文字，我倍感亲切。张云在创作这些文字时，很投入，很辛苦。因为这些不是一般的文章，而是用于舞台演出的台本、指南、总纲。这些文字的作用就是把一台台盛大的晚会的各个节目串联起来，把平面的东西幻化为生动、立体的东西。

舞台串词或脚本，从文章体裁的角度讲，不好归类。但要撰写出既有文采激情，又能让演出顺利实施的舞台串词，很不容易。在张云同志几十年的文艺创作中，我认为舞台串词最能代表他的水平。当然他在歌词创作方面表现也不俗，故，我为他出版这个集子叫好。读这本文集，不仅仅能重温那一台台精彩的演出盛况，更能为广安市各位文艺演出的组织者、策划者、表演者，提供一个个生动的范例，希望大家认真研读此书，必有裨益。

是为序。

《宦海花》序

　　自己一直不大喜欢给别人的书作序。原因有二，其一：别人的书，写的是别人的思想、情感和故事，由自己来帮写序，难免总而言之，以偏概全，讲不到根本，很可能游离于文本之外；其二：别人的书，有他过人的地方和魅力所在，直接与读者交流，在写与读之间，抵达心领神会处，不用第三者来啰唆，尤其不用第三者来无关痛痒地吆喝，做所谓推荐式的导读。

　　故此，接到本书稿时，自己有些犯难，到底是按以上两点原则，不写；或是面对老朋友所嘱，特别破例，写。纠结了一阵，最后还是友情为重，答应写几句。也是有两点原因。其一：喜欢吉中君这个人。他厚道，有想法，长期在基层官场摸爬滚打，很辛苦。能把别人也有的经历但不愿述说的东西，用别人休闲娱乐的时间写出来，值得鼓励。其二：书里写的这些故事，虽然不少还欠圆润、顺畅、生动、深刻和厚重，但是不乏真实、直白、思想和追求。对认识当下基层的政治生态，有一定的价值。

所以，我推荐吉中君写的这些事儿，大家空闲时读读。

2013 年 1 月 29 日上午 10 时于办公室

成就笔墨灵动氤氲的大美

——《宕渠书画》发刊词

宕渠书画院院刊《宕渠书画》和您见面了。

它是众位贤德和同仁共同努力的结果，它扑鼻而来的墨香，是艺术家们灵感闪烁、袅袅袭人的心香。

《宕渠书画》是宕渠书画院的名片，它在做好宣传介绍广安书画创作研究交流情况的同时，更注重对中华书法和绘画的传承、发扬、创新，殷切期望四海八方的各位、建树造诣深厚的专家和小荷绽蕾初放的新秀，支持抬爱和依重拱托《宕渠书画》。

笔走龙蛇，就能惊天动地；水墨丹青，方可美赞万物。不论是蓊郁泅润的岚山，或是波云诡谲的江河；不论是万紫千红的繁花，或是鲜活百态的鸟物；不论是继往开来的"五书"，或是遒劲颠覆的革故；不论是端庄仪态的"六法"，或是狂放紧收的实验，都来吧，请登临《宕渠书画》，一览群峰雄奇，平步云岫神色，上九天！

2014 年 4 月 15 日急就

贺兰远山马兰花

——关于贺兰苏苏诗歌的四句话

小朋友杜薪，托我给他的小朋友贺兰苏苏诗集写几句话，有点为难。我不认识这个姑娘，以前也未读过她的诗。不是非常情况，不写敷衍之词，这是我的原则。但听小杜讲，这事于他很重要，不帮还不行。于是，接过诗稿，读了一遍。

抱着翻翻，瞄瞄，凭印象写几句，给朋友一个交代的想法，抽时间读完了。没有料到，居然有意外之喜。

一喜，平时少见年轻人写旧体诗，这个叫贺兰苏苏的姑娘就写有很多，占了诗集的三分之一。现在看来，写旧体诗的年轻人还是没有绝迹，东一茬西一茬的，时不时会冒出一些来。这贺兰姑娘，就是一棵破土新苗。

二喜，这小姑娘不但写旧体诗，而且，在我看来，还写得可以读。有诗为证："叶飞惊山鸟，雨过扰池鱼。""雾里看花心不明，待到心明花已逝。"诸如此类。从这些篇什中，读得出小姑娘心是自由的。

三喜，贺兰姑娘新诗写得也不错。随手抄两节："绿衣／给瘦削的柳／穿扮了在细雨里舞／舞／给今年的秋／给来年的春／给千百的人／／我们在柳下行／这条路实在是太短／不一会儿就将它走完／明天见／可明天又还太远。"瞧，这诗的意，这诗的情，这诗的景，都写出来了，特别是这诗读起来有美感。

四喜，从贺兰苏苏看过去，为这部分"90后"高兴。他们没有被网购、手游和穿越迷糊住，他们没有被虚拟的界面迷糊住。他们还是在用手抚摸这个真实的世界，还是在用眼睛观察这个真实的世界，还是在用心感知这个真实的世界，最最重要的是，他们居然还要写诗！

叙利亚诗人阿多尼斯说，诗歌是人类灵魂存在的证明。贺兰苏苏们正在证明，中国人一直到很久以后，总是会写诗的，总是会有高贵的灵魂的。

2015 年 9 月 14 日上午于办公室

过往的事值得回味

——《过往》序

　　冯琳女士，是我曾经在报社的同事。那时她还在编辑岗位上，除了认真做好自己的本职工作外，业余时间写下了不少诗文。近日，她将这些篇什以《过往》为名成集，对自己过去的写作进行一次小结。在付印之前，请我写几句话，我十分乐意为之。

　　这本集子按文体分成了四类，一是诗歌，二是散文随笔，三是评论，四是言论。读后，我的感觉，诗歌清新流畅，不失温润婉约之美，短短的几首诗，不论是写花儿、蝶儿、歌儿，或是时令，都张弛有度，饱满窈窕，恰到好处，体现出作者的女子本色。散文随笔部分是重点，那些过往的物事，过往的场景，过往的人们，在作者的笔端徐徐而来，缓缓而去，精彩又生动，清新又鲜明，读后让人顿生往事并不如烟的感慨。评论、言论部分，是作者做编辑时的编后感悟。有洞悉，亦有认识；有感悟，亦有评说；有平实，亦有深刻。

总之，这本集子可读处不少。从书里看得出一个资深编辑的眼、手、笔，是如何观察，如何选择，如何思考的。同时，还看得出一个多年的写作者，是如何体验，如何感悟，如何表达的。

最后，祝贺这本集子的付梓。

2016 年 8 月 23 日

诗由心生踏歌行

——兰勇散文诗选《踏歌行》序

　　兰勇同志的散文诗，多是触景生情，遇事感发，随性而起。由是《踏歌行》集名，也可以感知一二。

　　这本集子里的篇什，都很简短。一事一兴，一景一行，一物一篇，真情实感，清新自然。

　　关于这些作品，我无意多论，相信读者翻阅后自然会有感悟和评价。借此机会，我想就散文诗的创作说几句。在很长的文学史里，都把散文的归散文，诗歌的归诗歌，诗与文的名实、品相划得十分清楚。自从五四新文学运动以后，情况出现了变化。大量的西方文学作品蜂拥而来，里面不少有韵味的散文通过翻译家们的再创作，呈现出了有别于传统的另一种风格。尤其是鲁迅先生的《野草》，横空出世，给现代读者带来了从未欣赏过的奇特花色。"散文诗"一词，以其鲜明的形象，跻身于中国现当代文学史中。

其实，我以为从审美的本质特征来看，散文这个体裁，自两汉、魏晋以后，就一直存在和发展演变着。不说洋洋大观的汉赋了，单就唐宋八大家而言，他们众多的小品文，我觉得都可以算作散文诗，特别是王勃的《滕王阁序》和范仲淹的《岳阳楼记》，绝对属上乘的散文诗。

话到此，我要回到为这本集子写序的思路上来。兰勇同志的这些作品，基本符合我对散文诗的标准：短小而精练，思辨而诗意，自由而韵律。当然，这个标准纯属一家之言。

最后，我要祝愿兰勇同志更加勤奋地写作，希望有更多的佳构呈现在读者的面前。

是为序。

2017 年 3 月 23 日上午于广安

春时雁飞来

——雁歌散文诗集《行走的云朵》序

　　读罢雁歌（原名王春雁）散文诗集《行走的云朵》，犹如听了阵阵南飞的雁歌。春来秋去，大雁总是在歌唱中飞翔，总是在云朵上展望。

　　这只姓王的春雁，用自己颇有独特韵味的咏诵，在散文诗逐日壮大的雁阵里，发出了别样的声音，展示了别样的身姿。比如写故乡村落的雪，他写得温暖。没有冷漠，没有孤寂，更没有死气沉沉。总是在雪落大地之后，让太阳升起来，把希望送给世界。又比如写故乡华蓥山中的恋想，那些山水，那些草木，那些风物，似乎都是自己的血肉，那样牵肠挂肚，那样不可分割。大山深处男的女的，老的少的，都是自己的亲人。再比如写故乡的渠江，也是情深深，爱悠悠。江水有多远，缠绵就有多长。最后化为一种思念，敬献给那个伟大的老乡邓小平。还比如写故乡的星辰，那些星光不是昨夜的，而是时时刻刻都照耀着，自己纯净的心空和恋人不可磨灭的身影。写故乡的如此，写远方的，亦如此。所谓远方，只不过是一个空间概念而已，再远的远方，也敌不过坚持行走的双足。雁歌的远方，其实都在眼前。因此他的远方，也都成了映在自己心底的风景。

雁歌的作品，总的来说，甚好。尤其是语句，作为散文，已经完全诗化了。作为散文诗的文本，已经较为成熟。这点，我很欣赏。如果，在结构上，更紧密点；在行文上，更精炼点；在境界上，更拓展点，会更好。

2017 年 9 月 22 日上午于广安

《长啸集》自序

曾读到关于阮籍的一个故事。说某日籍去山里，欲与其中之隐者叙谈，见面后居然无语而返。途中，身后传来一声啸叫，籍和之。随即上下呼应，漫山犹如松涛阵阵，令人精神振奋。

从此，啸叫一词，印象格外深刻。

余习作诗歌，经年不辍。于今，已积句几百首。巴蜀书社愿结集出版，甚幸。冠名《长啸集》，实得于前面故事。竹林七贤，是吾偶像。最喜欢阮籍啸叫，窃以为那是抒发心声最合适之一法。

又，余之作诗，总是在心欲呐喊时动笔。但常寄寓城市，无深山幽谷可探，亦缺奇峰峻岭可攀。故不能学阮籍状向山叱咤，发正大之声。无奈，便于诗集取"啸叫"字义，权当已登五岳之巅，在天地间长啸不止。

是序。

丁酉深秋九月十六日下午于慈竹苑

光影成画图

马福同志与相机相交，比与我相识还早。几十年光影交错，成片无数。作为广安市首届德艺双馨文艺家之一，根据市文联的安排，要做一次个人作品展，同时推出作品集。

今次，呈现在读者朋友面前的这个集子，选辑了马福同志长期创作的多数精品，分别从人、事、物、景等方面，全视角地展示了其收获的成果。

摄影艺术，从发端到现在，已近两百年历史，大师无数，佳作无数。洋洋大观，汇聚了众多如马福这样的涓涓细流。马福摄影的艺术成就，我不敢论，但我敢说他摄影的态度是端正的，求艺术之心是真诚的，爱艺术之情是炽热的。

马福当得起摄影家的称谓。

这个集子和展览同时推出，便于朋友们一边近距离地欣赏作品，一边收藏影集后在家中不时翻阅和分享。

　　我将展览和影集推荐给朋友们，祝大家在审美中
愉快。

　　　　　　　　　　2018 年 2 月 28 日上午于广安

宝箴塞重生记

戊戌之秋，夙雨天成。应友人之邀，去百里之外方家沟，做还愿之游。

此处有被古建筑大家罗哲文称为国内罕见、蜀中一绝的宝箴塞，那亦是我梦萦魂牵之所。

放眼远近，山黛谷岫，栎树飘黄，芦荻戴雪。丰收之后，千家万户，藏五谷纳殷实于屋，屯六喜盛欢欣盈楼。国泰民安，玉桂丹香，天地愉悦在心。

我于宝箴塞，有缘。

斯所肇始以来，凡百零几年，饱经风雨，烽火延诞之时，亦有破损。后经种种磨难，虽九死，而犹存，大幸。特别是革故鼎新日，万险于拆垣毁壁，一念之差，衮衮主事诸君，析文理而存大道，续祖宗之业，留千古之迹，大善。其中余与台上同仁，功可记。尤须表之，当决定日，同侪于庭院歃鸡煮酒，断板凳以明志，誓护斯塞。

而今，匆匆廿载，物换星移，当初之塞，已煌煌巨耀，享誉于国中，谓为胜境。我冒昧自许，领历任之意旨，衷心感谢后来者，上上之功。

行笔至此，窗外秋雨淅沥，万物清新。虽已白露翌日，但层林流丹，雏菊烁金，好一派汉初沉香，定远逸韵，武胜美景。

满怀期许，宝箴塞千秋是宝，武胜县万岁以文载道。

戊戌年秋七月卅日下午酒后急就于宝箴塞

《亮晶晶的星海》序

　　我的小朋友杜薪同学，是个好的小学语文教师。他喜欢诗歌，而且还有一定创作水平，出过集子，十多年前就加入了广安市作家协会。因为他的爱好，任教班级的部分学生受其影响，对诗歌萌发了兴趣，经年累月，同学们写出了不少儿童诗歌作品。小杜很用心，从中精选了十五个学生的五十九首习作，在相关方面的支持下，结集成书，这在全广安市尚属第一次。此事，值得充分肯定和宣传。

　　小杜将书稿传我，并嘱咐读后要写几句话，对同学们以示鼓励。认真阅读完这些习作，我有几点感受。

　　一是，小同学们的小诗，虽小但真实。通篇天真烂漫，十分可爱。他们从儿童小少年的视角看世界，看见什么写什么，没有成人的假大空，只有对世界的直观陈述和反映。

　　二是，小同学们的小诗，虽小但灵性。这些短小诗歌，充满对世界的好奇、向往。想法纯粹而美好，内容简约而空灵。诗里表现的事物，大多都像星星般明亮。

三是，小同学们的小诗，虽小但诗意。五十九首诗，五光十色，可以说都有独特之处。共同的是，都具有起码的诗意，都具有诗歌的基本因子。例如，有首诗写道：

我的妹妹很淘气
但她有魔法
我一举手教训她
就心痛

四是，小同学们的小诗，虽小但丰富。他们的诗，题材单纯但不失丰富的想象，犹如一面面波光粼粼的池水，折射出来个个生动的灵魂。

以上是我的读后感，其实还有更多的体会，一时想不出准确的语句用以表达。过去读过不少诗选，都能迅速地条理化，但读完这本薄薄的集子，居然产生了很多联想和奇妙的感触而半天无语。最大的可能，是因为读这些童诗激发了自己的童心，唤起了自己的童趣。面对这一颗颗亮晶晶的小星星，憧憬着未来诗歌海洋的浪花，自己被深深地感动而忘言。衷心祝愿这些小小少年们，未来成为有诗和远方的一代。

2021 年 6 月 25 日夜于慈竹苑

将春风化雨印记在童心深处

——儿童诗集《风的手印》序

　　《风的手印》是广安青年诗人、有抱负的语文教师杜薪编辑的第三册儿童诗歌集。小杜在认真做好课堂教学的同时，孜孜不倦地辅导学生进行诗歌习作，精神可嘉，首先给予赞扬。

　　其次，读完这本诗集后，感觉小同学们如雨后春笋，在迅速长大；稚意的诗句，在逐渐丰满；修辞与诗味，在一点一点地进步。尤其是通过不停地观察生活，在体验和实践中动脑筋想问题，孩子们的眼界在开阔，境界在拓展，心灵受诗意的浸润，越来越向善、向真、向美。

　　再就是，在这新的历史时期，如何让新的一代孩子们，受到既中国又世界的教育，既守正又创新的教化，既朴实又高尚的教养。要处理好这几个关系，辩证地解决好这几个问题，不仅需要教育工作者的辛勤付出，而且需要全社会共同努力。

　　春风化雨，润物无声。从点滴做起，从细微处做起，看将来之世界，必是万紫千红的世界。

　　　　　　　　　2021 年 12 月 17 日上午草于慈竹苑

喇叭花叫醒了初夏

——写在诗集《喇叭花叫醒了初夏》印发之际

　　杜薪老师像只勤奋的蜜蜂。近年来，他用心、用情、用爱，努力地鼓励、倡议、指导小学生们，积极读诗、写诗，让这些孩子，早早地接受诗意的熏陶，真善美的浸润，实在是功莫大焉。

　　常常说，咱们中国是诗歌大国，诗歌是中华民族的文化瑰宝。岂止瑰宝？依我看，上下五千年，从《诗经》以降，诗歌早已渗入中华文脉，成了民族精神培根铸魂的重要营养。

　　千百年来，史上优秀诗歌的创作和传唱，对民族不断发展和新生，起到了强大的教化作用。杜薪们目前正在做的事情，是对良好传统的继承和光大。

　　在已经印发的前三本诗集的基础上，杜薪他们又推出了第四本。翻读着这些孩子的新作，我是由衷地欣慰和高兴。欣慰的是，美丽�诗意有传人；高兴的是，广安诗歌教育有成果。

末了，引用本集书名，我满怀期待地祝愿孩子们像初绽的喇叭花样，去叫醒一个又一个诗歌繁花似锦、生机勃勃的夏天。

2022 年 9 月 21 日午后于慈竹苑

《武胜通史》序

  中国自秦朝设置郡县制后，绝大多数邑域，赓续生根发脉，载史书记历程，均以编修县志为主要。当今全国两千八百多个县级单位，应该都有各自的志书了。

  但就一个县，专门著撰一部融通上下几千春秋，全面记录古今之变，皇皇几十万言的通史，截至目前，绝少。听说不到十个县。

  武胜就是这少数分子之一。作为武胜人，笔者为家乡能有这么一部简明通史而高兴，也为其时正主政武胜的领导们而点赞。相信《武胜通史》正式出版以后，将为传承武胜历史和文脉，弘扬止戈不武、淳化以文的精神，鼓励全县人民昂扬向上、奋发图强，在新的时代，把武胜建设得更加美好，起到巨大的作用。

  武胜历史悠久，南朝齐时建县，是广安市六个区（市、县）中，建制历史最久的。武胜地理条件特别，嘉陵江流经境内，将其分成东西两片，相对而成太极之势。武胜人文典雅，河西有淳风诗韵，河东有天印书意；既有阳刚之威勇，又有若水之善美。对于这些，过去先后刊印的汉初、定远、武胜诸志，均有辨析、归纳和总结。但由于各书囿于断代时限，虽然有所涉及，却往往浅尝辄止。

这次，武胜县的领导者们审时度势，以人文的情怀，把握当下；以历史的眼光，瞩目未来；决定编著从古贯今全新的一部《武胜通史》。编写组在乡人暨著名历史文化学家谭平教授的主持下，怀着对武胜的热爱，对故土的深情，对乡亲的尊敬，用不到两年时间，《武胜通史》于近日杀青，完成了巴蜀县域史研究的开创之作。

《武胜通史》由古代、近代、现代三部分组成，共计十六章六十八节四十九万字。上古为总览，近代为概述，重点放在现代，对中华人民共和国成立以来，武胜政治、经济、文化、社会的发展壮大，做了全方位的描绘和表达。凡读后，让人对武胜的古往今来，尽有既提纲挈领，又纲举目张的认知。

特别要提到的是，这部《武胜通史》虽然也是一部编年体通史，但在编撰它的过程中比较注意轻重取舍。同样的史料，不一样的选择；同样的事件，不一样的阐述。于是，让这部史著有了不一样的面目。这里，笔者尤其要专门推荐通史编写主持人谭平教授为本书写的绪言。里面关于《武胜通史》五个问题的提出和回答，全面阐释了编著者对武胜县域历史若干重大问题的理解，为读者深入了解、科学预判武胜的过去、现在和未来，提供了一把金钥匙。

承蒙编著方不弃，遵嘱，勉为其力，谨以小小文章，做大大宣扬。

是为序。

2022 年 12 月 28 日下午于慈竹苑

无限心河　奔向大海

—— 写在武胜县作家协会成立四十周年之际

从一九八三年金秋十月文学创作协会成立算起，武胜县作家协会至今已经四十年。

为了纪念这个有意义的时间点，该县作协以其主办的文学季刊《龙女湖》为平台，专门收集、整理、编辑了这期特刊。作为一个业余文学创作者和乡友，荣幸地受托，在特刊出版之际，写篇短文，以示祝贺。

特刊共计五十多位作者，近二十余万字的作品，涵盖了小说、诗歌、散文等各种文体，从不同的角度，用不同的风格，比较全面地、艺术而不失真实性地描绘和记叙了该县绵长的历史和人民群众生动的现实生活。

武胜县作家协会成立虽然才四十年，但武胜作家从事文学的写作却十分悠久。从南朝齐的时候，汉初肇始，经定远、武胜至今，已越一千五百多年的建县史，其间，在这片嘉陵善水浸润滋养的土地上，延诞了多少文人骚客。他们一代一代地止戈为武，传承文脉，发扬文化，光大文祚，把武胜一步一步地推向荣耀的文明。

现代的武胜人，在文学创作的道路上，踔厉前行，成绩显著，光宗耀祖。既有杰出小说《红岩》作者之一、红色文学泰斗杨益言；又有文学创作几十年如一日的德艺双馨耕耘者高其友；还有新时代诗歌创作翘楚、鲁迅文学奖获得者李元胜。如今武胜的文学界，少长咸集，蔚然成阵；如今武胜的文学创作，守正创新，生机勃勃；如今武胜的文学影响，风生水起，蓄势待发。

朋友，当你翻阅这本特刊时，相信会感觉春风扑面，夏花灿烂，秋叶静美，冬雪琼宇。武胜人追求至善至臻的心性，跃然纸上；武胜人脚踏大地、仰望星空的心灵，璀璨苍穹；武胜人诗意无限的心河，奔向大海！

2023 年 7 月 23 日上午于黔西南盘县石桥镇妥乐村

月光下温暖的石头

——读徐君的诗（代序）

我曾评过徐君的诗集《家乡的月亮》，他又送来这本《城市的石头》，细品之后，不禁感慨顿生。诗语泉满，即共表下，权与共勉，并为代序。

目前，许多初涉诗坛的青年都为经济大潮所湮没，而此君却依然保持一颗美好的诗心，超然卓立，孜孜以求，实在难能可贵，令人赞叹。

作为诗人，就是要把心投入生活的金炉。任其冷炼，除净杂质，变成纯金，不带半点"铜"类。这就是心灵的诗化。只有纯化了的心灵才能拒绝庸俗，光照世人；只有心灵诗化了的人，才是真正的诗人。否则，便只是一位爱写诗的人。

万绿丛中一点红，那是诗人的目光，独特又令人惊醒。诗人，绝不把别人的看法当做自己的"洪律"。对于生活，他总能穿透历史、现实与未来的时光隧道，找到自己的答案。这就形成诗的哲理，诗的个性。创作照亮时空、启迪心灵的千古绝唱。于是，诗人和他的诗就走向永恒。

海绵，吸水力越强，其质愈善；树木，根愈深广，其枝叶亦愈繁茂。这就是吸收。对于生活的、艺术的不断吸收，能使诗人创作源源不断，艺术常新，与时俱进。

"诗如其人"，诗，乃人的思想情操、艺术个性和气质的语言外化，血管流血，喷泉流水，这是生活的也是艺术的铁律。血与水，差别可大了。诗者的心性修炼至为重要。诗是形象的艺术。优秀的诗人，就是一位形象的剪接与组合大师。而形象一经诗人组合，就产生新的形象，即意象。意象的总和就构成诗的意境。由此看来，凡为诗者就须掌握用形象说话的艺术；凡是掌握了用形象说话的人，就是诗人，同时又是生活的智者。

诗是情感的结晶。诗人的感情丰富，如同孩子的眼泪。诗人总是把自己丰富的情感搓成绵长的细丝，悬挂人生的船头，而后诉诸笔端，维系在读者的心上，引起共鸣。故凡生活淡漠者，难以为诗。

诗，自然也是语言的艺术。杰出的诗人，就是一位高明的熔炼师。由生活、形象、情感等产生的语言矿石，都在诗人思维的熔炉中千锤百炼，使其精美，彰显功力和价值。

诗，还是形象的艺术。诗人总是放纵自己，让自己张开想象的翅膀，在思想的天宇中自由翱翔。在一潭臭水中闻到淡淡的荷香，在一片刺耳的噪声里听到和悦的名曲，在无边的暗夜里看到辉煌的太阳，这便是诗人的本能，诗人的浪漫。诗人，同时也是幻想家。

赏诗，是对诗歌艺术的再创造。同一首诗在不同的读者看来，其内容和韵味都可能不尽相同，这是正常的现象。"诗无达诂"，说的就是这一道理。因为诗的形象性决定了诗的多义性，更何况她还经过了读者的再创呢？因此，赏诗者大可不必人云亦云，只管大胆发表自己的评论就是，言之成理即可。管他人说什么，走自己的路吧。

这里，我谨向读者朋友推出这本诗集，希望大家能喜爱她。从徐君的《家乡的月亮》到《城市的石头》，我们清晰地看到了作者成长的人生历程，惊喜地感受到了他诗艺的进步，思想境界的提升。探求促人走向成熟，奋斗催人获取成功，千古不易之理。

这本诗集，佳作随手可取，确实耐人口味，值得一读。如果读者朋友需要，我将选择适当时机，向大家作一些评介，就像评《家乡的月亮》一样。

写下了上面的话，愿与作者和读者朋友共勉。

是为序。

春天的故事如鸟儿歌声
总是唱不完总是听不够
—— 《春天的故事——四川省书画摄影精品展作品集》序

　　由四川省文化馆、广安市文旅局、邓小平故居管理局主办,广安市文化馆承办的《春天的故事——四川省书画摄影精品展》,于二〇二三年秋在广安开展,主办方精心编辑和印制了该展览的作品集。

　　通过征集,主办方共收到近三百幅作品,经认真评选,挑选了书法、绘画和摄影作品各四十件,加上特邀艺术家的十二件,共计一百三十二件佳作展出。这些作品,同时全部收入了这本集子。

　　本次展览以"春天的故事"为主题,通过摄影、绘画和书法的创作方式,对世纪伟人邓小平故里——广安,进行了生动的艺术呈现和展示。让所有观众在欣赏的过程中,对广安有了一个全新的美好印象。

　　这些作品，亮出了广安的新风景。作为邓小平故里的广安，建区设市三十年来，社会的政治、经济、文化事业发展，取得了令人瞩目的成绩。遵照小平同志"一定要把广安建设好"的嘱托，广安人不忘初心，继往开来，踔厉前行，各种建设日新月异。本次展览的摄影作品，大多数是摄影家们深入广安，通过镜头聚焦高光时刻，亮山亮水亮文化，纪录的崭新风景。

　　这些作品，画出了广安的新风貌。广安的风景日新月异，广安的风貌千变万化。本次展出的绘画作品风格各异，但有一个共同的追求，就是美术家们秉承经典"六法"，中西融合，用错落有致、参差协调的布局，无论是一丈山水城池，或者是方寸单花小鸟，都能够匠心独具，浑然天成。通过浓墨重彩，精描细绘，画出了賨州大地绮丽的自然山川和雄奇的人文境界，画出了崭新风貌。

　　这些作品，写出了广安的新风骨。广安的风景日新月异，广安的风貌千变万化，广安人自古以来凛然的风骨，在传承中越来越遒劲。本次展览的四十幅书法作品，"五书"俱有，守正创新，收放自如，方圆皆备。各位书家分别选用颂扬邓小平的内容，以各自独具的笔法、独特的笔意和对邓小平及其故乡共有的感情，创作出了众多优秀的墨宝。让观众与读者，从这些诗词歌赋悠悠韵味、字里行间、翰墨飘香的笔墨情怀中，真切感受到了人们对伟人的敬仰，对广安的热爱，也更加体会到了广安人的崭新风骨。

东方风来满眼春，渠江潮起忆故人。在邓小平同志一百二十周年诞辰纪念日将要到来的时候，举办本次展览，情深义重。金秋季节，盛世美展，我们用摄影、绘画、书法这三种艺术语言，继续讲述"春天的故事"，这春天的故事如鸟儿歌声，总是唱不完，总是听不够。

2023 年 8 月 26 日下午于广安城南慈竹苑

《賨州六记》视频摄制收官记

　　几天前，《华蓥记》视频摄制杀青。至此，《賨州六记》文字音像化全部完成，圆满收官。

　　习作《賨州六记》，从 2020 年暮春 4 月 27 日之《邻州记》落墨，到 2022 年孟冬 12 月 12 日之《前锋记》收笔，历时两年半，翻完五本县志，跨越六县山水，最终写毕。经由广安日报《川东周末》，2023 年 3 月 17 日整版刊发后，读者反响热烈，在市内外产生了较大影响。

　　为了更好地发挥其作用，邻水县第一个将文字做成了音频版，由著名川剧表演艺术家配乐朗诵，并由县广播电视台播出。随即，他们还拍制了六分多钟的影视短片《邻州记》，通过县融媒体多种平台推送，好评连连。在"第三届广安市'音舞剧'双年会"上，获得了影视剧类唯一金奖。

　　受影视片《邻州记》成功的启发，今年开春伊始，便和"壹时光工作室"合作，先后拍摄制作了

《广安记》《前锋记》《定远记》《岳池记》，和刚刚完成的《华蓥记》。"壹时光"是广安专注影视的知名工作室，策划人是市广播电视台原著名女主持人，曾荣获过四川省"十佳电视艺术工作者"称号。而摄影师，则有着二十多年影视摄影制作经历，经验丰富，尤其还是位颇具知名度的诗人。这样的组合，可见其作品的技术性和艺术性肯定不一般。果然，随着广安、前锋、定远诸记的先后播送，如虹吸眼，集集高光。其中之《定远记》，当端午节前日甫一推出，流量点击一日过万，一周十万，一月达三十万之多。相信，接着即将推出的岳池、华蓥二记，会出现流量赛渠江，波浪滚滚的名场面。

今天，来回顾小结一下《賨州六记》文本的写作和视频的摄制经过，主要是为了表达感谢。首先，要感谢六区、市、县的相关领导和同志。没有诸君的鼎力相助，自己不可能读百卷书，行千里路，写六典章。其次，要感谢《广安日报·川东周末》。是编辑部的女士们、先生们的精心编辑，成就了那个堪称范例的整版，并收获了"四川新闻奖"报刊文化栏目奖，让《賨州六记》借此蜚声蜀中。第三，要感谢"壹时光工作室"。若不是策划人和摄影师的刻苦精神，潜心创造，诗意追求，哪里会有今天看到的漂亮画面，听到的悦耳音响，感受到的賨州大地厚重的人文历史？第四，要感谢市政府办和市委宣传部的负责同志，感谢他们的真情帮助。第五，要感谢所有阅

读、收看、点赞、转发《赍州六记》的朋友们。我爱
你们。

在此，要特别感谢市委、市政府领导，组织的支
持和鼓励是完成《赍州六记》视频版的决定性力量。

是为记。

2024 年 7 月 20 日上午于慈竹苑